U0744513

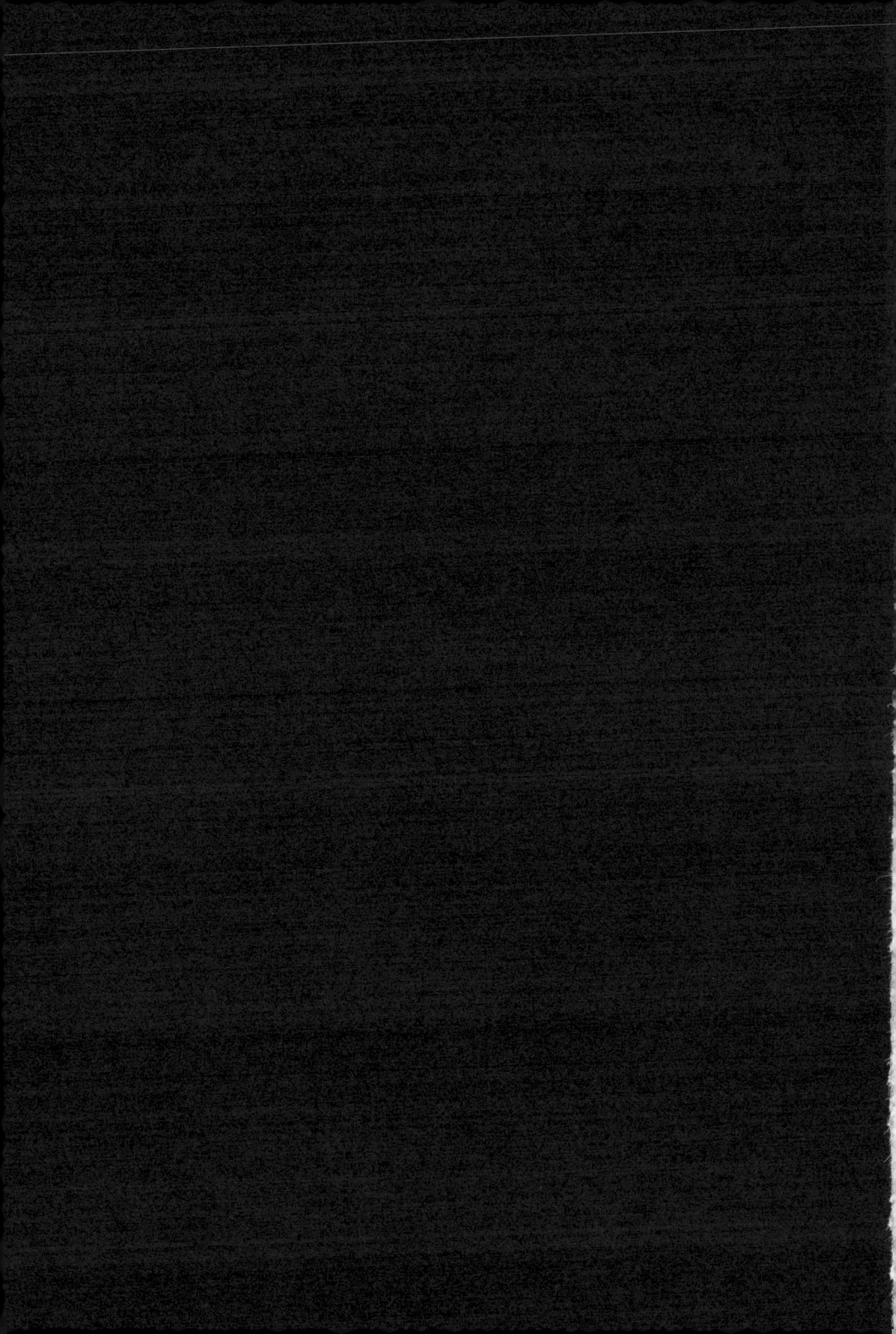

Illustrated Classics

经 典 看 得 见

OSCAR WILDE'S FANTASTIC STORIES

王尔德幻想故事集
插图典藏版

OSCAR WILDE | JESÚS GABÁN

〔英〕奥斯卡·王尔德 著
〔西〕赫苏斯·加万 绘

张炽恒 鲁冬旭 译

湖南文艺出版社

奥斯卡·王尔德

Oscar Wilde

19世纪英国最伟大的作家与艺术家之一，唯美主义的先驱，以其剧作、诗歌、童话和小说闻名，代表作有《莎乐美》《道林·格雷的画像》等。

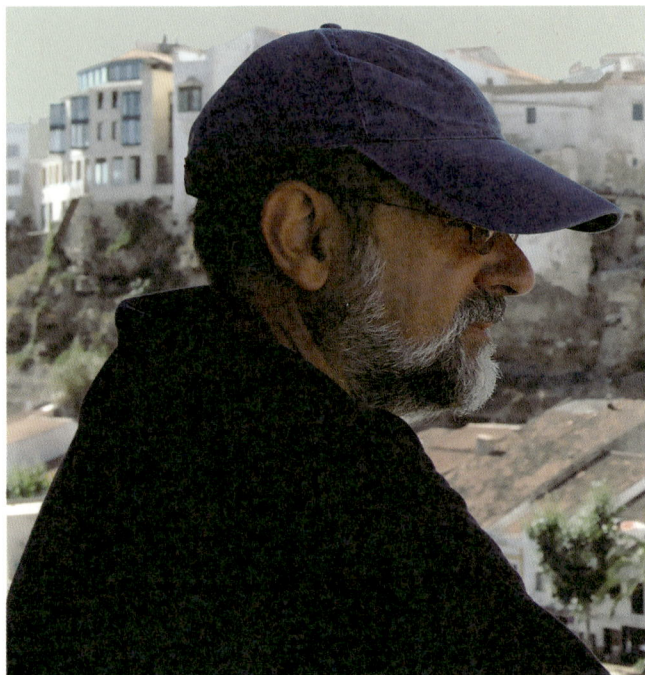

赫苏斯·加万
Jesús Gabán

　　1957 年生于西班牙马德里，曾在马德里美术会馆绘画班学习，1981 年起为图书绘制插画，迄今已出版近 300 部作品，获得国内外诸多殊荣，是迄今唯一一位三度斩获西班牙国家插画奖的插画家（1984 年《小丑和公主》，1988 年《胡桃夹子和鼠大王》，2000 年《爱伦·坡暗黑故事集》）。

张炽恒
Zhang Chiheng

1963 年生于江苏南通，1983 年毕业于徐州师范学院数学系，1991 年毕业于上海师范大学文学研究所世界文学专业，同年获文学硕士学位。上海翻译家协会会员、文学翻译家、诗人。主要译作有《彼得·潘》《老人与海》《布莱克诗集》《泰戈尔诗选》《水孩子》《埃斯库罗斯悲剧全集》《绿野仙踪》等。

鲁冬旭
Lu Dongxu

香港大学经济金融系本科，普林斯顿大学金融系硕士，现居美国加州伯克利，自由译者。已出版译著《平面国》《王尔德奇异故事集》《X的奇幻之旅》等。

目　录

坎特维尔的幽灵 [1]

1　译文来自果麦文化《王尔德奇异故事集》，译者鲁冬旭。

The Canterville Ghost

1

当美国公使海勒姆·B. 奥蒂斯先生买下坎特维尔猎庄的时候，所有人都说此举愚蠢至极，因为这幢宅子闹鬼是板上钉钉的事情。坎特维尔勋爵行事出了名地恪守规则，在奥蒂斯先生前来商议买卖条件时，他感到自己有义务向买主说明实情。

"自打那件事以后，我们自己就不愿意在这儿住了。"坎特维尔勋爵说，"有一天，我的曾姑母——博尔顿公爵遗孀正为晚餐更衣，突然一只骷髅的手臂搭在她的肩膀上。她吓得当场惊厥过去，从此再也没有缓过劲来。奥蒂斯先生，我必须告诉您，我们家的好几位大活人都曾亲眼见过幽灵，我们教区的主任牧师——奥古斯塔斯·丹皮尔牧师也见过，他可是剑桥大学国王学院的研究员。自从公爵夫人出了意外，我们家的年轻仆人全都不肯在这个宅子里服务了。坎特维尔夫人夜里常常睡不着觉，因为走廊和图书馆会传来奇怪的声音。"

"勋爵大人，"公使先生答道，"我会让人给您家的家具和幽灵都

3

估个价，然后一起买下来。我来自一个现代化的国家，在那里，任何东西都可以用钱买到。我们充满活力的年轻人在旧世界纵情狂欢，重金把你们顶尖的男女演员都抢到美国去。我估计，要是欧洲真有幽灵的话，我们的公共博物馆一定会买一只，在各地巡回展出。"

"恐怕幽灵是真的存在的，"坎特维尔勋爵面带微笑地答道，"也许他还不愿意被您的那些富有进取精神的剧院经纪人请到美国去。但在我们这儿，他出名已经有三百多年了——准确地说是从1584年开始。每当我们的家族有人临终，那个幽灵就会现身。"

"这么说来，坎特维尔勋爵，您家的幽灵就跟家庭医生一样，总在那个时候出现。但是，大人，世界上并没有幽灵这种东西，我估计自然法则并不会对英国贵族网开一面吧。"

"你们美国人的作风确实非常率真。"坎特维尔勋爵答道，他还没有完全理解奥蒂斯先生最后那句话的意思，"既然您不介意房子里有幽灵，那就没什么问题了。只是您别忘了我可警告过您。"

几个星期以后，买卖成交了。那年的社交季末，公使一家搬进了坎特维尔猎庄。

奥蒂斯夫人出嫁前名唤柳克丽霞·R.塔潘小姐，住在纽约市的西五十三街，是城中著名的美人。现在，她仍是一位非常美貌的中年贵妇，有着迷人的眼睛和完美的轮廓。许多美国佳丽离开故土以后便会装出一副终年不退的病容，因为她们误以为那是一种精致的欧洲做派，但奥蒂斯夫人则不然。她身材健美，活力四射。事实上，从许多方面来看，奥蒂斯夫人都像个十足的英国人。这个绝佳的例子证明，如今的英国在很多方面都与美国没什么区别了——当然，语言除外。

他们的长子是个长着浅色头发、样貌俊美的年轻人。由于一时的爱国激情，奥蒂斯夫妇为他起名"华盛顿"，年轻人至今仍对这个名字心存芥蒂。他曾连续三季在纽波特娱乐场中领跳日耳曼舞，因此打入了美国外交界。就算在伦敦，他也是远近闻名的跳舞好手。他唯一的弱点是过于沉迷社交，渴望贵族头衔。若抛开这一点不谈的话，他是个极为聪明理智的人。

芙吉尼亚·E.奥蒂斯小姐年方十五，像小鹿一般娇柔敏捷，一双碧蓝的大眼睛中闪着迷人的率真神采。她身形高挑矫健，犹如一位亚马孙女战士。她曾与比尔顿老勋爵赛马，骑着自己的小矮马在海德公园里连跑两圈，以一匹半马身长的优势赢了老勋爵，率先到达阿喀琉斯像前。年轻的柴郡公爵当时在旁观战，这场胜利让他雀跃不已，于是当场向姑娘求婚，却被他的监护人连夜送回了伊顿，哭得像个泪人似的。在芙吉尼亚小姐之后，奥蒂斯夫妇又生了一对双胞胎。这两个男孩子通常被唤作"星星"和"条纹"，因为他俩调皮，身上总是被抽打得一条一条的。双胞胎兄弟很讨人喜欢，除了可敬的公使先生之外，他们是这个家里仅有的共和党人。

坎特维尔猎庄离最近的火车站——阿斯科特站有七英里远，因此奥蒂斯先生事先打电报叫了一辆四轮马车来火车站接他们。全家人兴致高昂地坐上了马车。

那是七月的一个迷人的傍晚，空气中弥漫着淡淡的松木芬芳。

一路上，他们不时听见斑鸠若有所思的甜美歌声。在沙沙作响的蕨丛深处，有时会闪现出雄鸡毛色光亮的胸膛。小松鼠从山毛榉树上偷瞧他们。野兔飞快地跑过低矮的树丛和布满苔藓的土丘，只有白色的尾巴在空中一闪而过。然而，当他们驶入坎特维尔猎庄前的林荫道时，天空突然变得阴云密布。一种诡异的寂静笼罩了四周。一大群乌鸦悄无声息地飞过他们的头顶。马车还未驶到宅子门前，豆大的雨点便落了下来。

站在门阶上迎接他们的是一位老妇人。她身着整洁的黑绸衣裙，头戴白色帽子，腰系白色围裙。此人是这处宅第的管家——乌姆尼太太。她本来受雇于坎特维尔勋爵，应坎特维尔夫人的强烈嘱托，奥蒂斯夫人同意让她继续留在此处服务。公使一家依次下了马车。每走下一个人，乌姆尼太太就深深地行一个屈膝礼，并用一种古雅老派的语调说："欢迎来到坎特维尔猎庄。"

一行人在乌姆尼太太的带领下，穿过精美的都铎式前厅，走进了藏书室。藏书室屋顶低矮，形状狭长，墙上镶着黑橡木的壁板，尽头有一扇巨大的彩色玻璃窗。茶点已经为他们摆好了。一家人脱下外套，坐了下来，环顾四周。乌姆尼太太站在一旁听候吩咐。

突然，奥蒂斯夫人发现壁炉旁边的地上有块暗红色的污迹。她浑然不知这究竟意味着什么，便对乌姆尼太太说："那边恐怕弄洒了什么东西。"

"是的，夫人，"老管家用低沉的声音答道，"曾经有血洒在那个地方。"

"多可怕啊,"奥蒂斯夫人惊叫道,"我绝不能忍受起居室的地上有血迹。你必须马上把它擦干净。"

老妇人闻言微微一笑,继续用那种一成不变、低沉神秘的嗓音答道:"那是埃莉诺·德·坎特维尔夫人的血。1575年,夫人被自己的丈夫——西蒙·德·坎特维尔爵士谋杀了。那里就是事发地点。夫人死后,西蒙爵士又活了九年,在非常神秘的情况下突然消失了。他的尸体一直没有找到,但他那罪恶的灵魂一直在猎庄里萦绕不去。不管是游客还是其他人都对这块血迹赞不绝口。这块血迹是擦不掉的。"

"胡说八道!"华盛顿·奥蒂斯大声叫道,"用平克顿[1]公司的冠军牌去污剂和模范牌清洁剂,肯定一下就擦干净了。"深受惊吓的老管家还未及插手,华盛顿已经双膝跪地,拿出一小根像黑色化妆品般的东西,飞快地擦起地板来。不一会儿,地上的血迹便消失得无影无踪。

"我就知道平克顿的产品管用。"华盛顿一边环顾满脸敬佩的家人,一边得意扬扬地大声宣布。可他话音刚落,一道可怕的闪电突然把这间昏暗的屋子照得雪亮,一声惊雷吓得所有人都跳了起来。乌姆尼太太干脆昏了过去。

1　这篇小说里致敬了不少美国的公司名、人名或品牌名。阿伦·平克顿是一位著名的美国侦探,他创办了美国第一家私人侦探事务所。同时平克顿这个名字还令人想起莉迪亚·平克汉姆夫人。1882年王尔德去美国巡回演讲时,他的照片曾经登在《华盛顿邮报》上。当时,同一页面上就登着平克汉姆夫人的秘方药的广告。

"可怕的天气！"美国公使说完冷静地点起雪茄，"我猜，这个古老的国家人口太多，好天气实在不够大家分的。我一直认为移民是英格兰唯一的出路。"

"我亲爱的海勒姆，"奥蒂斯夫人大声说道，"我们该拿这种会晕倒的女人怎么办？"

"就像摔碎东西一样扣她的工钱，"公使回答说，"下次她就不敢再晕了。"过了一会儿，乌姆尼太太完全醒转过来。但她显然极为担忧。她态度凛然地预言宅子里就要出乱子，并警告奥蒂斯先生注意防范。

"我亲眼见过那些会让任何一个基督徒头发倒竖的东西，先生，"她说，"这里发生过非常可怕的事情，吓得我无数个夜晚连眼睛都不敢合上。"然而，奥蒂斯夫妇一齐亲切地向这位诚实的管家保证，他们一点也不害怕幽灵。乌姆尼太太祈求上帝保佑新来的男女主人，又与新东家达成了提高薪水的协议。做完这些事情以后，老管家终于脚步蹒跚地回自己房间去了。

2

狂风暴雨一夜没停，但当晚并没发生什么特别重要的事情。然而早晨当公使一家下楼吃早餐时，他们发现那块可怕的血迹又一次出现在地板上了。

"不可能是模范牌清洁剂不管用，"华盛顿说，"因为我以前试过，它什么都能擦掉。这一定是幽灵作祟了。"说罢他又顺手擦去了地上的血迹。

第二天早上，血迹再次出现。当晚，奥蒂斯先生亲自给藏书室上了锁，并随身带着钥匙。第三天早晨，那个地方又出现了血迹。这下，全家人都对此事重视起来。奥蒂斯先生开始怀疑自己此前坚持幽灵不存在是不是太武断了，奥蒂斯太太表示自己想加入通灵协会[1]。而华盛顿则给迈尔斯先生和波德莫尔先生写了一封长信，主题是"与犯罪有关的血渍之经久不褪性"。当晚，又发生了一件事情，让关于幽灵是否客观存在的所有疑问被永远打消了。

那天白天天气温暖晴朗。傍晚，空气变得凉爽，公使一家坐车出去兜风了。他们一直玩到晚上九点才回到家，用了一点晚餐，根本没有任何人提到幽灵——通常，人们是因为有见鬼的预期才会看到超自然现象，而当天并不存在这种闹鬼的重要条件。事后，我从奥蒂斯先生处了解到，当晚聊天的话题只不过是富有教养的美国上层阶级日常会谈到的话题，比如，美国女演员范妮·达文波特远比法国的莎拉·伯恩哈特[2]出色；即使家境很好的英国家庭也很难吃到甜嫩玉米、荞麦饼和美式玉米粥；波士顿对于培育世界精神的重

1　全称是通灵研究协会。该组织成立于1882年，目的是寻找灵魂存在的证据。该组织的创办人是弗雷德里克·威廉·亨利·迈尔斯（1843—1901），即下文提到的迈尔斯先生。弗兰克·波德莫尔（1856—1910），即下文提到的波德莫尔先生也是该组织的重要成员。
2　莎拉·伯恩哈特（1844—1923），法国女演员，被视为当时最伟大的女演员。

要性；在铁路客运中，行李寄存系统的优越性；与伦敦人拉腔拖调的口音相比，纽约口音是多么美好。当晚没有任何人谈到超自然现象，也绝对没人以任何形式提及西蒙·德·坎特维尔爵士。

深夜十一点，全家人都上楼休息了。十一点半，宅子里所有的灯都熄了。不久，奥蒂斯先生被一种奇怪的声音惊醒了。那声音来自他卧房外的走廊，像金属叮当作响，并不断向卧室逼近。他立刻起床划了根火柴看了看表——指针正好指向凌晨一点整。他非常冷静地摸了摸自己的脉搏——完全没有犯病的迹象。走廊里的怪声仍未停止，其间还夹杂着脚步声。他穿上拖鞋，从梳妆盒里拿出一个椭圆形的小瓶子，打开了卧室的门。借着苍白的月光，他看到一个形容可怖的老头就站在卧室门口。那人的眼睛像烧红的煤炭一般闪着幽光，花白的鬈发乱蓬蓬地披在肩上。他身穿又脏又破的古装，手腕和脚踝上戴着沉甸甸的、生了锈的手铐和脚镣。

"我亲爱的先生，"奥蒂斯先生对老头说，"我不得不提醒您，您的锁链该上油了。为了帮助您，我给您拿了一小瓶坦慕尼日出牌润滑油。据说本品一用就灵。包装纸上印着好几位本国著名的神职人员的推荐词，佐证它的功效。我给您搁在卧室的蜡烛旁边，要是一瓶不够的话，您尽管再向我要。"美国公使说罢将瓶子放在一个大理石桌子上，然后便关上房门休息去了。

坎特维尔的幽灵站在那里纹丝不动，心中充满了愤懑。他将那个瓶子重重地扔在打了蜡的地板上，沿着走廊奔逃而去，嘴里发出低沉空洞的呻吟，身上发出阴森森的绿光。当他走到宽阔的橡木楼

梯顶端时，一扇门突然打开了。两个身穿白色睡袍的小身影冲出门来，一个大枕头从他的脑袋旁边呼啸而过！显然，此地一刻也不能再留了！于是，他立刻使出四维空间的脱身之术，穿过护墙板消失了。整座宅子再次恢复了宁静。

幽灵逃进宅子左厢的一间小小的密室，倚着月光喘了口气，开始思考自己的处境。在他光辉灿烂、一帆风顺的三百年职业生涯中，他从未受过如此明目张胆的侮辱：

他想起了他在公爵的遗孀对镜穿戴珠宝时吓破了她的胆；

他想起他只不过在一间空卧室里透过窗帘对四个女仆咧嘴一笑，就让她们被吓得歇斯底里；

他想到了有一天深夜，当本教区的主任牧师从藏书室里走出来时，他吹熄了那人手中的蜡烛，从此以后，主任牧师就成了威廉·古尔爵士[1]的病人，一个典型的精神病患者；

他想到了年迈的特莫列克夫人——某天清晨，她早早醒来，看到壁炉旁边的扶手椅中坐着一具骷髅，正在读她的日记，于是她突发脑炎连续六周卧床不起，康复以后便与臭名昭著的怀疑论者伏尔泰[2]先生一刀两断，重新回到了教会的怀抱；

他想到了那个可怕的夜晚，坎特维尔勋爵在更衣室中窒息而死，喉咙里卡着一张方块 J 的纸牌，勋爵在临死之前坦白自己曾在

1　威廉·魏希·古尔爵士（1816—1890），著名英国医生。
2　原名弗朗索瓦－马里·阿鲁埃（1694—1778），法国启蒙思想家、文学家、哲学家，1726 年到 1729 年他曾在英国流亡。

克罗克福德俱乐部用这张牌从查尔斯·詹姆斯·福克斯[1]那里骗了五万英镑，还发誓说是幽灵让他把牌吞下去的。

他职业生涯中的伟大成就——从他眼前闪过。

从那位因为看见一只绿手敲着窗玻璃而在食品储藏室里饮弹自尽的管家，到美丽的斯塔菲尔德夫人——她为了掩饰白皙玉颈上的五个指印，不得不终年戴着一个黑丝绒颈箍，最后还是在国王小径尽头的鲤鱼池中自尽了。

他像一位真正的艺术家那样，自负而充满激情地回顾了自己最成功的表演。他最后一次扮演的是"红色鲁本"，又名"被勒死的婴孩"。他初次登台时演的是"瘦骨嶙峋的吉比恩"，又名"贝克斯利荒原上的吸血鬼"。

回想起六月的美好黄昏，他只不过用自己的骨头在草地网球场上玩了一会儿九柱戏[2]，便引起了巨大的轰动。

在他取得这么多丰功伟绩以后，一帮该死的现代美国人居然跑来向他提供日出牌润滑油，还朝他的脑袋扔枕头！

是可忍孰不可忍！想到这里，幽灵决定实施报复。直到天色破晓，他一直沉浸在深深的思绪中。

---

1 查尔斯·詹姆斯·福克斯（1749—1806），英国著名政治家。克罗克福德俱乐部成立于1828年，是世界上最古老的私人赌博俱乐部，但福克斯在世时这家俱乐部还没有开张。
2 现代保龄球运动的前身，一种用球击打九根木柱的运动。

3

　　第二天一早，奥蒂斯一家在早餐时详细地讨论了昨天晚上闹鬼的事。美国公使先生发现幽灵并没有笑纳自己的礼物，自然感到有些恼火。"我无意对这位幽灵进行任何人身伤害。"他说，"而且我必须说，考虑到他已经在这个宅子里待了这么长时间，我觉得向他扔枕头实在有些失礼了。"此话说得在理，但我不得不遗憾地告诉读者，那对双胞胎闻言纵声大笑。"但是，"公使先生继续说道，"如果他坚决不肯使用日出牌润滑油，我们就不得不把他的锁链卸了。要是卧室门外总有那种噪声，我们就没法睡觉了。"

　　然而，在这周接下来的时间里，幽灵并没有来打扰他们。唯一值得注意的是，那块血迹每天都会重新出现在藏书室的地板上。这实在是一桩怪事，因为藏书室的门每天晚上都由奥蒂斯先生亲自锁上，窗户也闩得严严实实。那块血迹还会像变色龙一样改变颜色，此事也让奥蒂斯一家议论纷纷。

　　在某些早晨，血迹是暗红色的，有时几乎是褐红色；但另一些时候血迹又呈现朱红色或者暗紫色；还有一次，奥蒂斯一家遵从美国自由归正圣公会[1]的简单仪式要求，下楼进行家庭祈祷，发现那块血迹竟变成了鲜艳的翠绿色。这种变色现象自然激起了公使一家的兴趣，每天晚上，大家都自由下注，赌明天早上的血迹会是什

1　成立于 1873 年，该教派不承认耶稣的血在圣餐的葡萄酒中，这与奥蒂斯一家对血迹的态度形成了有趣的对照。

么颜色。唯一不肯拿此事开玩笑的是小芙吉尼亚。出于某种不为人知的原因，她每次看到那块血迹都会露出十分忧虑不安的表情。在地上出现翠绿色血迹的那天早晨，她几乎当场哭了起来。

星期日晚上，幽灵第二次现身了。一家人上床就寝后不久，便惊闻大厅里传来一声可怕的撞击声。大家急忙冲下楼来，只见一副巨大的古老铠甲从架子上掉了下来，摔在石板地上。与此同时，坎特维尔的幽灵正坐在一把高背椅中，表情极为痛苦地揉着膝盖。双胞胎兄弟下楼时随身带着玩具枪，见到幽灵后两人立刻朝他射了两枪——若不是长期拿作文老师当靶子苦练枪法，是绝不可能有这样的准头的。美国公使则用左轮手枪指着他，并按照加利福尼亚的礼节要求对方举起手来！幽灵跳起身来，发出一声狂怒的尖叫，然后如一团雾般掠过人群，刮灭了华盛顿·奥蒂斯手中的蜡烛，任凭所有人留在伸手不见五指的黑暗中。到楼顶时幽灵定下神来，决定发出远近闻名的魔鬼之笑。

在幽灵过去的经验中，他不止一次发现这种狂笑声极为管用。据说这笑声曾让雷克勋爵的头发一夜变白，还曾实打实地先后让坎特维尔夫人的三位法文女教师到任不足一个月就递上辞呈。

于是，幽灵发出了几百年来他最可怕的笑声，余音在古老的拱形屋顶中久久不散地回荡着。那可怕的回声还未及消退，有人推开了一扇门——奥蒂斯夫人身着一袭浅蓝色的晨衣站在那里。"您的健康状况恐怕不太乐观，"她说，"我给您拿来一瓶多贝尔医生的酊剂。如果是消化不良的话，您会发现它简直药到病除。"幽灵

　　狂怒不已。他恶狠狠地瞪着奥蒂斯夫人，打算变成一只巨大的黑狗，并立刻为变形做起准备来。这套大名鼎鼎的法术绝对名副其实，家庭医生始终认为坎特维尔勋爵的叔叔——尊敬的托马斯·霍顿大人变成永久痴呆的症结全归于此。然而，一阵逐渐逼近的脚步声吓得他一阵迟疑，未能把上述凶险的意图付诸实施。于是，他退而求其次地发出一声仿佛从墓地中传来的呻吟，化作一团微弱的荧光凭空消失了。假使再晚一步的话，双胞胎兄弟可就要扑到他身上去了。

　　回到自己的房间里以后，幽灵彻底崩溃了。剧烈的情绪波动将他完全击溃。那对双胞胎行为实在粗鄙，而奥蒂斯夫人又是一个彻头彻尾的唯物主义者，这些作风自然令他极为恼火。但是，最叫他懊恼的还是自己竟然没能穿上那副铠甲。

他本指望最现代的美国人也一定会被穿铠甲的幽灵吓到——就算没有更合理的原因，出于对他们的国民诗人朗费罗[1]的尊敬也应该被吓到。从前，当坎特维尔一家进城的时候，是朗费罗的那些优美雅致、引人入胜的诗歌帮他消磨了许多无聊的时光。何况，那副铠甲本来就是他的，他曾穿着它在凯尼尔沃思[2]马上比武大会中大展雄风，获得了童贞女王[3]的高度赞扬。然而今晚他穿上铠甲时完全不堪重负，重重地摔在石板铺成的地面上，双膝严重擦伤，右手指关节也淤青了。

这次事件以后，幽灵一连多天病得厉害，除了按时维护那块血迹以外，他几乎连房门都没有出过。通过精心的保养，幽灵终于康复，并决心第三次出手惊吓美国公使一家。他选定的显灵日期是八月十七日，星期五。那天白天，他花了很长时间翻看衣柜，最终选定了一顶插着红色羽毛的宽檐大帽，一块手腕和脖子处打着褶边的裹尸布，以及一把生锈的匕首。

傍晚将至，一场暴雨汹涌而来，狂风把这座老宅子的所有门窗都摇得咯咯作响。事实上，这正是幽灵最盼望的那种天气。他的行

1　指亨利·沃兹沃斯·朗费罗（1807—1882），美国诗人，他在故事诗《铠甲骷髅》中描绘了一个穿铠甲的幽灵。1882年王尔德去美国演讲时曾和朗费罗见过面。
2　位于沃里克郡，是中世纪英格兰的五大受君主特许的马上比武场地之一。
3　指伊丽莎白一世，她因终身未婚而被称为童贞女王。

动计划是这样的：首先，他打算悄悄潜入华盛顿·奥蒂斯的房间，从床尾发出一阵听不懂的鬼语；然后，他会随着低沉的音乐对自己的喉咙猛刺三刀。

幽灵对华盛顿特别怀恨在心，因为他十分清楚，是华盛顿一而再再而三地擦掉那块著名的坎特维尔血迹，用的还是平克顿公司的模范牌清洁剂。等到把这个不知轻重、有勇无谋的年轻人吓个半死以后，他打算继续前往美国公使夫妇的房间。进屋之后，他会一边把一只冰冷黏腻的手放在奥蒂斯夫人的额头上，一边在吓得瑟瑟发抖的丈夫耳边嘶嘶地说出骨灰堂的可怕秘密。至于怎么吓唬小芙吉尼亚，他还没有打定主意。毕竟，小姑娘不仅漂亮温柔，而且从来没有以任何方式冒犯过他。他想，也许只要躲在衣柜里发出几声低沉空洞的呻吟就足够了；要是那种声音没有将她惊醒的话，也许他可以用痉挛抽搐的手指摸索她的床罩。而对于那对双胞胎，他已经打定主意要给他们一个教训。

首先，他当然得坐在他们的胸口上，好让他们有种身陷噩梦、喘不过气来的感觉。既然兄弟俩的床挨得那么近，那么接着他会站在两张床之间，扮作一具绿色的冰冷尸体，直到兄弟俩吓得动弹不得。最后，他会揭掉身上的裹尸布，白骨森森、单眼上翻地在房间里爬来爬去——这个角色叫作"哑巴丹尼尔"，又名"自杀的骷髅"，他曾靠此角色不止一次取得极佳的演出效果。在他的心目中，这个角色即使与他的著名扮相"疯子马丁"，又名"蒙面怪客"相比也毫不逊色。

晚上十点半，幽灵听见奥蒂斯一家都上床休息了。有那么一阵，双胞胎兄弟的尖声狂笑搅得他心烦意乱，显然这对无忧无虑、欢快非常的学童睡前正在自娱自乐。十一点一刻以后，一切都安静下来。

当午夜的钟声响起时，幽灵出动了。猫头鹰的翅膀拍打着窗户上的玻璃；乌鸦在老朽的紫杉树上啼鸣；阵阵阴风在宅子周围呼啸，仿佛迷了路的孤魂。奥蒂斯一家竟然只顾昏睡，丝毫不知末日将至。幽灵听见美国公使先生稳健的鼾声盖过了风雨声。

他蹑手蹑脚地踏出壁板，布满皱纹的嘴角上浮出邪恶而残忍的微笑。大凸肚窗上用金蓝两色装饰着他和被他谋害的妻子的家族纹章，当他悄悄地从窗边走过时，乌云遮住了月亮的脸庞。他不断向前滑行，好像一个邪恶的幻影，但凡他经过的地方，就连周围的黑暗也仿佛露出厌恶的表情。有那么一次，他似乎听见有什么东西在叫唤，因此停下了脚步；但那只不过是红农场上的一只狗在吠叫而已。他继续前进，嘴里咕哝着十六世纪的奇怪咒语，还不时在午夜的空气中挥动那把生锈的匕首。他终于来到了走廊的拐角处，再往前就是今晚要倒大霉的华盛顿的卧室了。他在那里驻足了片刻。风吹起他头上花白的鬈发，把死人的裹尸布折成各种扭曲可怖的形状，掀起阵阵难以名状的恐怖。

接着，十二点一刻的钟声响起，粉墨登场的时刻到了，他轻笑着飘过了转角。然而，刚转过弯去，他便凄厉地惨叫一声。他伸出白骨嶙峋的长手遮住惨白的面孔，急速向后退去。他的面前站着另一个可怖的幽灵——像雕像一般一动不动，像疯汉的梦境一般形

状可怖！那个幽灵头秃得发亮，惨白的脸又胖又圆，随着骇人的笑声，整张脸像魔鬼般扭曲着、狞笑着。他眼中映着血红的光，嘴巴像一口熊熊燃烧的深井，庞大的身躯上裹着一件吓人的衣服（和幽灵自己身上穿的那件差不多），还悄无声息地不断往下掉雪片。他的胸前挂着一个招牌，上面用古代的字体写着一些奇怪的字句：看起来是一份劣迹的清单，某种疯狂罪行的记录，某种可怕罪孽的目录。他的右手高高地举着一把寒光闪闪的大弯刀。

幽灵这辈子还从来没有见过其他幽灵，因此他很自然地被此情此景吓得够呛。他再次匆匆瞟了一眼那个可怕的幽灵，便向自己的房间逃去。顺着走廊狂奔的时候，他被自己身上的长裹尸布绊了一跤，还不小心把手上那把生锈的匕首掉进了公使先生的长靴里——第二天早上，才被管家发现。躲进自己的房间以后，他重重地倒在一张小草床上，把脸藏在被褥下面。然而，过了一会儿，古老而英勇的坎特维尔幽灵重新鼓起了勇气，决心天一亮就去和另外一个幽灵对质。

当晓色给群山镀上银边时，他回到了自己第一次见鬼的现场。当时，他心中抱着这样的想法：两个幽灵毕竟比一个幽灵更强大，有了新朋友的帮助，也许他就可以安全地与那对双胞胎兄弟搏斗了。然而，当他走到楼梯拐角处，却看到了一幕可怕的景象，那个幽灵显然出了什么事：它那双空空的眼睛里完全没了光亮，手中寒光闪闪的弯刀掉在地上，身体以一种扭曲的、不舒服的姿势倚在墙上。幽灵冲上前去，急忙把它抱在怀里。

谁知它的头竟然瞬间脱落，滚到地上，身体也瘫倒下来一动不动了。

幽灵被吓了一跳，这才发现自己怀里抱着的竟是一条白色凸纹细棉布制成的床帐，脚边躺着一把扫帚、一把菜刀和一个挖空的萝卜！眼前的转变令幽灵无法理解，他发了疯似的一把抓起那个招牌。借着灰白的晨光，只见招牌上写着如下字句：

奥蒂斯的幽灵

唯一正宗的原版幽灵

谨防假冒

其他鬼怪均属仿冒

　　昨晚的一切在他眼前一一闪过。他被骗了！他上了大当！他们居然比他更聪明！他的眼中流露出坎特维尔的昔日雄心，他那没有牙齿的牙床紧紧地咬在一起。他把布满皱纹的双手高举过头顶，按照古老的传统，喊出了气势惊人的誓词：

　　羌得克立[1] 欢唱两声，血色将至，杀戮潜行。

　　这段可怕的誓词话音未落，一只公鸡便在远处农舍的红瓦屋顶上打起鸣来。幽灵低沉而苦涩地长笑一声，等待着公鸡的第二声啼鸣。然而，他等了一小时又一小时，不知为何，那只公鸡再也没叫了。等到七点半，女仆们来了，幽灵终于被迫放弃了令人闻风丧胆的驻守。他一边想着自己虚掷的誓言和受挫的计划，一边悄悄地溜回了房间。他翻出几本自己极为喜爱的古代骑士故事细细查找，发现只要有人念出这段誓言，公鸡就一定会叫第二声。

　　"教那恶禽永堕地狱吧！"他喃喃自语道，"必有一天，我要用我有力的长矛刺穿它的咽喉，让它即便身死，也得为我啼鸣！"他

1　列那狐故事里的公鸡，乔叟的《坎特伯雷故事集》里也提到过。

24

累得躲进一口舒服的棺材里，在那里一直睡到傍晚时分。

4

第二天，幽灵感到极为虚弱疲惫。过去四周的种种可怕刺激开始影响他的健康了。他的神经衰弱极了，就连最轻微的声响也能把他吓一跳。一连五天他足不出户，并且终于决定不再去修补藏书室地面上的血迹。如果奥蒂斯一家不想要那块血迹，那说明他们根本不配。显然，他们是一群层次很低、停留在唯物论的人，根本不懂欣赏灵异现象的象征价值。但是，塑造鬼怪幽灵和超自然现象的问题自然完全是另一码事，那些事情实在不受他的控制。每周在走廊里出现一次，每月的第一个和第三个星期三透过大凸肚窗发出鬼语，这些都是他庄严的责任。在他看来，要想保持荣誉，就不能逃避这些责任。诚然，他作恶多端；但是，从另一方面来看，只要是与超自然现象有关的事情，他都恪尽职守。

因此，在接下来的三个星期六，他还和以前一样在午夜到凌晨三点之间穿过走廊，只是尽一切可能不让别人听到或看到他。他脱掉了靴子，在被虫蛀空的老地板上蹑手蹑脚地尽量不发出声音。他穿一件巨大的黑丝绒斗篷，身上的锁链都用日出牌润滑油小心地润滑过。我有责任向读者指出，为了采取这套最新的保护措施，幽灵可是费了不少周章。

有一天晚上，他趁奥蒂斯一家在楼下用餐时偷偷溜进奥蒂斯先生的卧室里，拿走了那瓶日出牌润滑油。一开始，他觉得这样做有点屈辱，但他很快就理智地转变了观念，认识到这项发明确实值得称道，并且在一定程度上适应他的需求。

然而，尽管他如此小心，奥蒂斯一家仍然没有停止对他的骚扰。走廊里总是拉着各种各样的绳索，把他绊倒在黑暗之中。有一次，扮成"黑暗艾萨克"，又名"霍格利森林的猎手"的他结结实实地摔了一跤，因为从挂毯室门口到橡木楼梯顶端都被双胞胎兄弟抹上了黄油。此番羞辱令他出离愤怒，因此他决心做最后一搏，誓要维护自己的尊严和社会地位。他决定在第二天晚上扮成著名角色"不羁鲁伯特"，又名"无头伯爵"，去会一会那两位傲慢无礼的年轻伊顿学生。

事实上，他已经有七十多年没有穿上这身行头了。在他上次扮演这个角色时，美丽的芭芭拉·莫迪什小姐因受惊而突然跟现在的坎特维尔勋爵的祖父解除了婚约，并和相貌英俊的杰克·卡斯尔顿私奔到了格雷特纳格林[1]。她说，坎特维尔家居然允许如此可怕的幽灵在黄昏的露台上走来走去，因此她无论如何也不能嫁进这样的家庭。后来，可怜的杰克在旺兹沃思公地[2]与坎特维尔勋爵决斗，不幸中枪而死。同年，芭芭拉小姐在坦布里奇韦尔斯[3]心碎

---

1 苏格兰小镇名，著名的逃婚胜地。
2 位于伦敦西南部。
3 英格兰城镇名。

而亡。因此，不管从什么角度看，那次演出都取得了极大的成功。但是，扮成"无头伯爵"的"化装"过程极为繁琐，幽灵足足花了三小时才做好准备——请允许我把"化装"这个戏剧术语用在"超自然界"（更科学的叫法是"高级自然界"）最伟大的神秘仪式上。最终，万事俱备，幽灵对自己的扮相十分满意。跟衣装相配的那双皮革马靴穿在他脚上略显大，两把左轮手枪也只剩一把了，但总的来说他还是非常满意。午夜一点一刻的时候，他悄无声息地滑出壁板，蹑手蹑脚地走到走廊上。当他走到双胞胎兄弟的卧房前时——我必须提一句，这间卧房被称作蓝床卧房，因为床帐是蓝色的——他发现房门恰好虚掩着。幽灵打算来一个有力的出场，因此他猛地将门推开。谁知一个沉重的水罐兜头掉了下来，不仅淋得他浑身湿透，而且险些命中他的左肩——偏差只在几英寸之间。与此同时，他听见四柱大床上传来闷声闷气的尖笑声。幽灵的神经系统实在承受不住如此巨大的打击，他以最快的速度逃回了自己的房间，第二天就因重感冒而卧床不起。整个事件中唯一令他稍感欣慰的情况是当晚他没有带着自己的脑袋，否则后果简直不堪设想。

至此，幽灵断了所有念头，再也不打算回击这家粗鲁的美国人了。现在，他只敢穿着软底拖鞋在走廊里悄悄走动。他还系了一条红色的厚围巾以防被穿堂风吹着脖子，随身携带一把小火枪以抵御双胞胎兄弟的突袭。他接受并适应了此种生活。

九月十九日，幽灵迎来了最后一次打击。晚上，他下楼走到了宅子入口处的大厅里，自觉在那儿肯定不会受到骚扰。从前挂坎特维尔家全家福的地方如今挂上了萨罗尼[1]为美国公使夫妇拍摄的肖像照。幽灵对这些照片大加嘲讽，并沾沾自喜。

当天，幽灵的装束简洁精妙：他身着一袭长长的裹尸布，上面点缀着教堂墓园里的泥点，下巴用一条黄色的亚麻布带绑好，手上拿着一盏小灯笼和一把掘墓人用的铲子。事实上，他那时扮演的是他最值得称道的角色之一——"无坟游魂乔纳斯"，又名"彻特西谷仓夺尸鬼"。坎特维尔家族绝对没有理由忘记这个形象，因为这才是他们和邻居拉福德勋爵起争执的真正原因。事发在凌晨两点一刻，就幽灵所知，宅子里没有任何人走动。他走向藏书室，打算瞧瞧地板上的那摊血是否还留有痕迹。突然之间，从一个黑暗的角落里跳出两个身影向他扑来，那两个人一边疯狂地挥舞着高举过头顶的胳膊，一边冲着他的耳朵尖声叫道："噗！"

幽灵惊慌失措——在此种情形下，这种反应不是再自然不过吗？他赶紧向楼梯逃去，谁知华盛顿·奥蒂斯正拿着花园里用的喷水枪在那儿等他。幽灵腹背受敌，穷途末路，只好逃进大铁炉里消失了——还好当时铁炉里没有点火。为了逃回自己的房间，他不得不一路钻过各种管道和烟囱。他进屋时浑身沾满灰土，情绪混乱，满心绝望，状态糟糕极了。

从此以后，再也没有人见过幽灵出来夜巡。双胞胎兄弟几次决

---

1 指拿破仑·萨罗尼（1821—1896），美国纽约的著名摄影师。王尔德在美国巡回演讲时他曾给王尔德拍过照。

定伏击幽灵，走廊里每晚都被他们撒满了坚果壳，搞得公使夫妇和仆人们都头疼不已。但他们的埋伏每次都落了空。显然，幽灵的感情受到了极大的伤害，因此他再也不愿意现身了。

家里不再闹鬼以后，奥蒂斯先生又开始继续撰写关于民主党党史的伟大著作，这本书他已经写了好几年。奥蒂斯夫人组织了一次极为精彩的室外海鲜餐会，技惊全郡。男孩子们玩起了曲棍网兜球、尤卡牌[1]、扑克和其他美国国粹游戏。芙吉尼亚又在年轻的柴郡公爵的陪同下骑着她的小矮马去小路上溜达了——小公爵特意来到坎特维尔猎庄，打算在这儿消磨假期的最后七天。

大家都以为幽灵已经逃走了。事实上，奥蒂斯先生还专门写信将此事告知坎特维尔勋爵。坎特维尔勋爵回信称这条消息令他十分欣慰，并请奥蒂斯先生向可敬的公使夫人转达他的祝贺之情。

但奥蒂斯一家都上了幽灵的当。事实上，他仍住在宅子里，虽然几乎已经是个没用的病人了，但他一点也没有偃旗息鼓的打算。年轻的柴郡公爵在此做客的消息尤其让幽灵跃跃欲试，因为柴郡公爵的叔祖——弗朗西斯·斯蒂尔顿勋爵曾与卡伯里上校打赌，说自己敢跟坎特维尔的幽灵玩骰子，赌注是一百块金币。第二天早晨，人们发现斯蒂尔顿勋爵无助地瘫在纸牌室的地板上动弹不得；勋爵后来虽然得享高寿，却再也没有说过"双六"[2]以外的任何话。当年，这个故事人尽皆知——当然了，为了顾全两个高贵家族的体

---

1 十九世纪时美国流行的一种卡牌游戏。

2 double six，指的是骰子连续掷出两个六点。

面，人们想尽办法要把此事遮掩过去。塔特尔勋爵在《追忆摄政王与其朋友》一书的第三卷中巨细无遗地记述了此事的前因后果。因此，幽灵自然十分迫切地想要展示自己对斯蒂尔顿家族仍有影响力。事实上，他与斯蒂尔顿家族还是远房亲戚，他的堂妹是巴尔克利先生的第二任妻子，而众所周知历代柴郡公爵正是巴尔克利先生的直系后裔。

于是，坎特维尔幽灵打算以著名扮相"吸血鬼僧侣"，又名"面无血色的本笃会修士"对芙吉尼亚的小情郎现身。早在1764年的新年前夜，这个极端可怕的扮相给了斯塔厄普老夫人致命的一击。老夫人见到他后发出刺耳的尖叫，中风严重发作，三天以后便一命呜呼。她死前取消了血缘关系最近的亲属——坎特维尔家的继承权，把所有的钱都留给了她在伦敦的药剂师。然而最后关头，幽灵因为害怕双胞胎兄弟而不敢踏出房门。小公爵得以安睡在皇家卧房宽大的羽毛床帷内，当晚还梦见了芙吉尼亚小姐。

5

几天后，芙吉尼亚和她的鬈发骑士去布罗克利草地上骑马。经过一处树篱时，她身上的骑装被撕得不成样子。回家路上，她决定偷偷从宅子背后的楼梯上去，不让别人看到她的衣服破了。当她跑过挂毯室时，房门正好开着，她似乎见到里面有人，便以为那是母亲的女仆。这位女仆有时会把缝纫活计带进挂毯室里做，于是芙吉尼亚走了进去，打算让女仆帮她补衣服。极为出人意料的是，挂毯室里的竟是坎特维尔幽灵本人！

幽灵坐在窗边，望着窗外正在变黄的树木落下残破的金叶，任由它们在空中飘过；在长长的林荫道上，红叶在风中一路狂舞。他手托着腮，整个人看起来忧郁极了。

见到幽灵时，小芙吉尼亚本想转身逃走，赶紧躲进自己的房间里锁好门。可是他看起来那么凄凉绝望，那么支离破碎，芙吉尼亚的心中充满了怜悯，决心上前试着安慰幽灵。她的脚步是那样轻悄，而他又如此深陷忧愁，忘记了周围的环境。因此，直到芙吉尼亚开口，幽灵才注意到她的存在。

"我为你感到抱歉。"她说，"不过我的弟弟们明天就要回伊顿了。他们走后，只要你别太出格，就不会有人来打扰你了。"

"叫我别太出格，这太荒谬了，"他转过头来，吃惊地望着这个冒险上前跟他说话的漂亮女孩，"实在太荒谬了。我必须把我的锁链摇得锒铛作响，我必须透过锁孔发出呻吟，我必须在深夜里游荡——如果你指的就是让我不要做这些事情的话，做这些事情是我存在的唯一理由。"

"那并不是存在的理由。你知道你自己做过很坏的事情。我们到这儿的第一天，乌姆尼太太就说你亲手杀了自己的妻子。"

"好吧，那事我承认，"幽灵蛮横地说，"但那完全是我家的私事，和外人毫无关系。"

"杀任何人都是极端错误的。"芙吉尼亚说，她有时会拿出既温柔又庄严的清教徒态度，颇有新英格兰[1]某位祖先的遗风。

　　"哦，我讨厌人们一本正经地谈论道德观念，这太廉价了！我的妻子太平庸，她从来不能把我的皱领浆好，对厨艺也一窍不通。我曾在霍格利森林里打到一只鹿，一只两岁的小公鹿，极好的，你知道她把它煮成什么样子端上桌来吗？不过，说这些都不重要了，因为一切都过去了。当年我是被她的兄弟活活饿死的，我可不觉得那是什么友善之举，虽然我确实害了她的性命。"

1　指美国东北部的六个州。十七世纪时，英国清教徒为躲避宗教迫害来到这里，这里是北美最早的英国殖民地之一。

"把你活活饿死？哦，幽灵先生，我是说西蒙爵士，你现在饿吗？我的餐盒里有块三明治。你要吃吗？"

"不用了，谢谢你，我现在什么都不用吃了。但我还是得谢谢你，你非常好心，比你的那些讨厌、粗鲁、庸俗、狡猾的家人好得多了。"

"住嘴！"芙吉尼亚跺着脚大声叫道，"讨厌、粗鲁、庸俗、狡猾的那个人是你。你自己清楚，你偷了我画箱里的颜料去修补藏书室里的那块荒唐透顶的血迹。你先是拿走了我所有的红色颜料，包括朱红色，搞得我都没法画日落了；接着你又把翠绿色和铬黄色也偷走了。最后我除了靛蓝色和锌白色之外什么都不剩，我只能画月光下的风景，那种画看上去总是叫人忧郁，也很难画。虽然你让我相当恼火，可我却从来没有告发过你。而且你的做法实在太荒唐了，整件事情都很荒唐。究竟有谁听说过翠绿色的血迹？"

"好吧，说实在的，"幽灵语气温和多了，"我能怎么办呢？如今要搞到真正的血液太困难了。还有，既然你哥哥先用模范牌清洁剂挑起争端，我看不出我为什么不能拿你的颜料。至于颜色，颜色的选择一直关乎品位。比如说，坎特维尔一家的血管里流的是蓝血[1]，英格兰最蓝的血。不过我知道你们美国人并不关心这种事情。"

"你对美国一无所知。你的最佳选择是走出英国去长长见识。

---

1 由于上流阶级皮肤白皙，静脉看起来是蓝色的，因此古代有"蓝血贵族"的说法。

我父亲肯定很乐意送给你一张免费船票，还有，虽然海关会对各种spirits[1]课以重税，但是他们不会找你的麻烦，因为所有海关官员都是民主党人。只要到了纽约，你就一定能大获成功。我知道许多人愿意付十万美元寻求祖父，要是能买到一个家族幽灵，再高的价钱也有人出。"

"我觉得我不会喜欢美国。"

"我估计，你不喜欢美国是因为我们没有什么废墟遗迹，也没有什么古玩文物吧。"芙吉尼亚语带讥讽。

"没有废墟！没有文物！"幽灵答道，"是因为你们的海军和你们的做派！"

"晚安，我要去请爸爸让双胞胎兄弟在家里多待一周。"

"请不要走，芙吉尼亚小姐。"幽灵喊道，"我好孤独，好难过，我实在不知道该怎么做。我想去睡觉，可怎么也办不到。"

"荒谬透顶！你只要躺在床上吹灭蜡烛就行了。睡觉多么轻而易举，有时候保持清醒倒是非常困难，尤其是在教堂里的时候。就连婴儿都知道怎么睡觉，他们可不算太聪明。"

"我已经有三百年没睡过觉了。"幽灵悲伤地说。芙吉尼亚吃惊地睁大了美丽的蓝眼睛。

"三百年了，我从来没有休息过。我太累了。"

芙吉尼亚的神色严肃起来，两片小小的嘴唇像玫瑰花叶一般颤

1　作者在这里用了双关词语。既可以指"幽灵"，也可以指"酒精饮料"。

抖着。她走上前在幽灵身边跪下，抬头望向他衰老枯皱的脸。

"可怜的，可怜的幽灵，"她小声问道，"你是找不到睡觉的地方吗？"

"在松林背后那遥远的地方，"他以低沉的梦呓般的声音答道，"有一座小小的花园。那里的草又高又深，毒芹花像白色的星星，夜莺彻夜歌唱，它彻夜歌唱。水晶般冰冷的月亮望向大地，紫杉树张开巨大的臂膀，荫蔽着安睡之人。"

泪水模糊了芙吉尼亚的双眼，她用手遮住了面庞。

"你说的是死亡的花园。"她低语道。

"是的，死亡。死亡一定很美。躺在柔软的褐色土壤下，草儿在头顶摇曳，静听着一片沉寂。没有昨天，也没有明天。忘掉时间，宽恕生命，永远安息。你可以帮助我。你可以为我打开死亡宫殿的大门，因为你的心中一直充满爱。爱比死亡更强大。"

芙吉尼亚发起抖来，一阵冷战像电流般传遍了她的全身。有那么一阵子，万籁俱寂，她觉得自己仿佛置身于噩梦之中。

然后，幽灵再次开口，他的声音就像风在叹息：

"你看到过藏书室窗户上的那段古老的预言吗？"

"哦，我读过好多遍，"小姑娘边说边抬头向上望去，"那段话我记得很熟。预言是用一种奇怪的黑色字体写的，内容很难辨认。总共只有六行：

当一位金色的女孩

让罪恶的唇间吐出祷词

当无果的扁桃树[1]开花结果

一位幼小的孩子献出眼泪

那时将全宅寂静

坎特维尔将终获安宁

我不知道那段话是什么意思。"

"那段话的意思是,"幽灵悲伤地说,"你得和我一起为我的罪孽哭泣,因为我没有眼泪;你得和我一起为我的灵魂祈祷,因为我没有信仰。然后,若你一直是个甜美、善良、温柔的姑娘,死亡天使便会赐我他的怜悯。你会看到黑暗中出现可怕的东西,邪恶的声音会在你的耳畔低语,但那些东西都不会伤害你,因为在孩子的纯真面前,地狱的力量也会落败。"

芙吉尼亚没有吭声。幽灵绝望地绞着双手,低头望向姑娘低垂的金色头颅。突然,她站起身来,面色异常苍白,眼中闪着奇异的光辉。"我不害怕,"她坚定地说,"我会请死亡天使垂怜于你。"

他发出一声模糊的欢叫,起身离座。他托起她的手,以一种老派的优雅姿态弯下身来在她手上轻轻一吻。他的手指像冰一样冷,他的嘴唇像火一样烫,但芙吉尼亚毫不动摇,她任由幽灵带领,稳

1　希腊神话中有位公主名叫费利斯,她因等不到爱人得摩福翁而死。神把她变成了一棵扁桃树。后来,得摩福翁归来拥抱这棵树,扁桃树便开出了花朵。《圣经》中也有扁桃树枝做的亚伦之杖一夜间开花结果的故事。扁桃树开花结果是复苏的象征。

稳地穿过了幽暗的房间。褪色的绿色挂毯上绣着一些小小的猎人，他们吹起手中的流苏号角，挥动小小的手叫姑娘赶紧回头。"回去吧！小芙吉尼亚，"他们大声叫道，"回去吧！"可幽灵把她的手攥得更紧了。她闭上双眼，不去看挂毯上的猎人。壁炉台上雕刻着一些可怕的动物，它们长着蜥蜴般的尾巴和突出的眼睛，一边对她眨眼一边小声咕哝着："小心啊！小芙吉尼亚，小心啊！我们也许再也见不到你了。"可幽灵加快了前进的速度，芙吉尼亚不再去听它们的话语。走到房间的尽头以后，幽灵停了下来，嘀咕了几句她听不懂的话。她睁开双眼，只见墙壁慢慢变得模糊，成了一团烟雾。她的眼前出现了一个巨大的黑色洞穴。刺骨的冷风从他们身边刮过，她感到有什么东西在扯她的裙子。"快，快，"幽灵喊道，"不然就来不及了。"不一会儿，壁板在他们背后关上了，挂毯室里变得空无一人。

6

大约十分钟以后，下午茶的铃声响了。奥蒂斯夫人见芙吉尼亚没有下楼，便派一位男仆上楼叫她。不一会儿，男仆回来复命，说哪儿也找不到芙吉尼亚小姐。一开始，奥蒂斯夫人一点也没有警觉起来，因为芙吉尼亚每天傍晚都会去花园里采花来装饰晚餐的餐桌。后来，六点的钟声响了，芙吉尼亚还是没有现身。这下奥蒂斯

夫人紧张起来，她一面派男孩子们去外面找人，一面和奥蒂斯先生一起搜遍了宅子里的每一个房间。

六点半，男孩们回来了，说外面根本没有一丝芙吉尼亚的踪迹。这下所有人都慌了神，不知如何是好了。突然，奥蒂斯先生想起自己几天前曾允许一群吉卜赛人在庄园里扎营。他知道那群吉卜赛人在布莱克菲尔谷，便立刻带上长子和两个雇农朝那里赶去。年轻的柴郡公爵急得发了疯，万般恳求奥蒂斯先生带他一块儿去，但奥蒂斯先生担心到时发生冲突，怎么也不肯带上他。可等奥蒂斯先生赶到布莱克菲尔谷时发现吉卜赛人已经离开了。种种迹象显示他们走得相当突然：篝火还没有熄灭，草地上还摆着几个盘子。奥蒂斯先生吩咐华盛顿和两个雇农细细搜索这块区域，他自己飞跑回家，给周围的所有警督发电报，要他们去找一位被流浪汉或吉卜赛人绑架的小姑娘。

接着，他命妻子和三个男孩子坐下来吃饭，自己吩咐仆人备马，带着一位马夫沿着阿斯科特路奔去。谁知刚跑出几英里，就听见后面传来马蹄声。奥蒂斯先生回头一看，只见小公爵正骑着他的矮马赶来。小公爵满脸通红，连帽子都没有戴。"我实在抱歉，奥蒂斯先生，"男孩气喘吁吁地说，"可是只要芙吉尼亚还没找到，我就连一口饭也咽不下去。求求您，别生我的气。要是您去年就让我们订婚，就不会有这些麻烦了。您不会赶我回去吧，对不对？我不能走！我不会走的！"

公使先生见这个年轻英俊的男孩子如此莽撞，不禁笑了。他被小公爵对芙吉尼亚的痴心深深感动。奥蒂斯先生从马上弯下身，轻轻拍了拍他的肩膀，说："塞西尔，要是你不肯回去，我想你就只好跟着我了。可我得在阿斯科特给你买顶帽子。"

"嘻，去他的帽子，我只要芙吉尼亚！"小公爵大叫一声笑了起来。然后他们便一起向火车站方向奔去。奥蒂斯先生向火车站站长打听是否有人曾在站台上见过长得像芙吉尼亚的女孩。站长一点消息都提供不了，但他向各站发了许多电报，保证各处会密切留意芙吉尼亚的下落。奥蒂斯先生在一家正准备打烊的亚麻制品店里给小公爵买了一顶帽子，骑马向四英里外的一个小村庄——贝克斯利奔去，因为他听说那个村庄旁边有一块很大的公地，是著名的吉卜赛人聚集地。到达贝克斯利以后，他们叫醒了村里的警察，却没能从他嘴里问出一点线索。接着，他们又骑马跑遍了整块公地。最后只好掉转马头打道回府。大约夜里十一点，他们筋疲力尽地回到了坎特维尔猎庄，心都快碎了。

林荫道上已漆黑一片，华盛顿和双胞胎兄弟提着灯笼在门楼里等他们。人们在布罗克利草地上截住了那群吉卜赛人，可是芙吉尼亚并没有和他们在一起。芙吉尼亚消失得无影无踪。那群吉卜赛人解释他们突然离开营地是因为记错了查顿集市的日期，担心再不出发就赶不上了。事实上，他们十分感激奥蒂斯先生让他们在庄园里扎营，听说芙吉尼亚失踪他们十分悲痛，还留下四个人帮助公使先生寻人。大家把鲤鱼池捞了一遍，又把整个猎庄翻了个底朝天，却什么也没有找到。显然，芙吉尼亚是无论如何也找不回来了，至少那天晚上不可能找得到。

奥蒂斯先生和几个男孩子心情极沉重地走向宅子，马夫牵着三匹马跟在后边。仆人在前厅惊状万分，可怜的奥蒂斯夫人躺在藏书室的沙发上，老管家正往她额头上抹花露水。她被恐惧和焦虑折磨得几乎神志不清了。奥蒂斯先生叫仆人给全家人端上晚餐来，他命妻子立刻起来吃些东西。那是一次气氛沉重的进餐，几乎没有人说话，就连双胞胎兄弟也被吓得不作声了，芙吉尼亚毕竟是他们心爱的姐姐。饭后，小公爵恳求继续寻人，但奥蒂斯先生吩咐所有人都上床睡觉。他说，今天晚上已经没什么可做的了，明天一早他就给苏格兰场[1]拍电报，要求对方立刻派些侦探过来。

众人离开餐厅时，钟楼上正好响起了午夜的钟声。最后一声钟声敲罢，他们突然听见一记闷响和一声尖叫。一阵恐怖的雷鸣震动了整座宅子，仿佛来自地狱的音乐在空气中回荡。随着一声巨响，楼顶的一块壁板应声而倒，芙吉尼亚拿着一个小小的珠宝盒从墙里走出来，脸色异常苍白。大家立刻拥了上去。奥蒂斯夫人满怀爱意地把女儿紧紧抱在怀里。小公爵在她的脸上印上无数热吻，搞得她都喘不过气来了。双胞胎兄弟围着人群跳起一支狂野的战舞来。

"老天爷！孩子，你去哪儿了？"奥蒂斯先生十分生气地责备她，他还以为女儿在开什么愚蠢的玩笑，"塞西尔和我为了找你，

---

1 英国伦敦警察厅的代称。

骑着马把庄园外的地方都跑遍了，你妈妈都快被你吓死了。你以后再也不准搞这些恶作剧了。"

"除了对幽灵！除了对幽灵！"双胞胎兄弟一边尖叫一边跳来跳去。

"我亲爱的小乖乖，感谢上帝你回来了。你再也不准离开我身边了。"奥蒂斯夫人一边咕哝，一边亲吻着瑟瑟发抖的女孩，还伸手去抚平她头上打了结的金发。

"爸爸，"芙吉尼亚轻声说道，"我一直和幽灵在一起。他已经死了，你得过来瞧瞧他。他过去一直很坏，但他真心为自己的所作所为感到抱歉。他临死前把这盒美丽的珠宝给了我。"

全家人目瞪口呆地望着她，但芙吉尼亚的态度庄重严肃。她转过身去，领着众人穿过那块打开的壁板，穿过一条狭窄的秘密甬道。华盛顿从桌上拿起一根点燃的蜡烛，跟在妹妹身后。直到一扇巨大的橡木门挡住去路，门上钉满了生锈的铁钉。芙吉尼亚伸手轻轻一碰，门便绕着沉重的铰链打开了。

众人走进了一间低矮的房间，天花板是拱形的，一扇极小的窗户外装着格栅。墙上嵌着一个巨大的铁环，环上的铁链拴着一具枯瘦的骷髅。骷髅趴在石板地上把身体拉得极长，似乎想用白骨嶙峋的长手指去抓一组老式的餐盘和水罐，可那两件东西偏偏摆在他恰好够不着的地方。显然，水罐里面曾经装过水，而如今罐里已经长出了绿霉。餐盘里并无食物，只有一堆尘土。芙吉尼亚在骷髅身边跪下，合起掌心小声祈祷起来。其他人既惊奇又敬畏地望着这出惨

剧，如今，幽灵的秘密终于在他们面前揭开了。

"哇！"双胞胎之一突然大声喊道。此前，他一直站在窗边向外望，想要辨明这个房间究竟在宅子的哪一侧。

"哇！那棵枯萎的老扁桃树开花啦。有月光照着，树上的花我看得好清楚啊。"

"上帝已经原谅他了。"芙吉尼亚庄严地说。她站起身来，脸庞似被一束美丽的月光照亮。

"你真是一个天使！"年轻的小公爵一边喊一边搂住她的颈项吻了她。

7

　　这串奇事过去四天以后，坎特维尔猎庄举行了一次葬礼。葬礼大约从晚上十一点开始。灵柩由八匹黑马拉出。每匹马的头上都装饰着一大丛鸵鸟毛，随着马匹的行动一摇一晃。铅质的棺材上盖着深紫色的棺衣，上面绣着坎特维尔家族的金色纹章。一群仆人手执点燃的火把在一旁护送灵柩和马车。整个送葬的队伍庄严肃穆，极有排场。丧主是专程从威尔士赶来的坎特维尔勋爵，他和小芙吉尼亚一起坐在打头的马车里。跟在他们身后的是美国公使夫妇，然后是华盛顿和另外三个男孩。最后一辆马车里坐着乌姆尼太太。大家一致认为，乌姆尼太太有权送幽灵最后一程，因为她已经被他吓了五十多年。在教堂墓园的角落里已经挖好了一口深深的墓，墓穴就在那棵古老的紫杉树下。奥古斯塔斯·丹皮尔牧师以最令人印象深刻的方式朗读了悼词。仪式结束以后，仆人按坎特维尔家的旧俗熄灭了火把。人们把棺材放进墓穴里。芙吉尼亚走上前去，把一个用红白两色扁桃花编成的大十字架摆在棺木上。

　　当她安放十字架的时候，月亮从浮云后探出头来，把银色的光辉洒在小小的墓碑上，远处的矮树林中传来夜莺的歌声。芙吉尼亚想起幽灵曾对她描述过的死亡花园，泪水模糊了双眼。回家的路上，她几乎一言不发。

　　第二天早上，在坎特维尔勋爵动身去镇上之前，奥蒂斯先生专程与他面谈了幽灵留给芙吉尼亚的珠宝。那批珠宝委实光彩夺目，

尤其是一条以威尼斯老式工艺镶成的红宝石项链，堪称十六世纪珠宝杰作的典范。因为这批宝物的价值实在太高，奥蒂斯先生心中顾虑重重，不知应不应该同意女儿接受这份厚礼。

"勋爵大人，"他说，"我知道在这个国家里，永久所有权不仅适用于土地，也适用于珠宝饰品。在我看来，情况非常清楚，这些珠宝理应是您家的传家之物。因此，我必须恳求您把这批珠宝带回伦敦，您可以将其视为您产业的一部分，只不过这些财产是通过一些奇怪的事件才失而复得的。至于我的女儿，她还是个孩子，我很高兴我能这么说，对奢侈无用的身外之物她目前还没有太大兴趣。我还从奥蒂斯夫人处得知，这批珠宝相当值钱，如果愿意出售定能卖出高价。我可以说她在艺术方面颇具鉴赏力，因为她在少女时代曾有幸在波士顿度过数载寒暑。鉴于这些情况，坎特维尔勋爵，相信您可以理解，我不能允许我家的任何成员继续持有这批珠宝。我们从小信奉共和党人的朴素原则，我相信这些严厉的规则是不朽的。因此，这些虚有其表的排场和玩物对我们全然无用，不管它们对维护英国贵族的尊严而言是多么合适或必要。恕我冒昧一提，芙吉尼亚非常希望您能允许她留下那个珠宝盒，好让她纪念您那位不幸走上歧途的祖先。那个珠宝盒年代极为久远，又破损得厉害，您或许可以考虑同意她的请求。至于我个人，我的孩子竟会以某种形式同情中世纪遗风，我承认这让我相当惊讶。造成这种情况的原因只能有一个：芙吉尼亚是在贵国的伦敦郊区出生的，而且在她出生之前奥蒂斯夫人刚去过一趟雅典。"

坎特维尔勋爵极为庄重地听完了可敬的公使先生的演讲。为了掩饰脸上不由自主浮现的笑容，他不得不时不时假装扯一扯花白的髭须。奥蒂斯先生说完以后，勋爵诚恳地与他握了手，并说："我亲爱的先生，您可爱的小女儿帮了我那位不幸的祖先——西蒙爵士一个极为重要的大忙。她的勇气和胆识令人惊叹，我和我的家族都受了她的恩惠。那些珠宝显然应该属于她。再说，天啊，假设我竟无情到将那批珠宝从她手中夺走的话，我相信不出两个礼拜，那个邪恶的老家伙就会从坟墓里爬出来，让我没有好日子可过。至于您说那批珠宝是我家的传家之物，只要遗嘱和法律文件中没有提及，它们就不是我家的财产，而事前根本没人知道有那么一批珠宝存在。我可以向您保证，我并不比您家的管家更有权占有那批珠宝。还有，我敢说等芙吉尼亚小姐长大，她就会喜欢佩戴漂亮的物件了。除此之外，奥蒂斯先生，您还忘了一件事，您给我家的家具和幽灵估过价，然后一起买了下来。因此，那桩交易完成时，任何属于幽灵的财物立刻归您所有，因为不管西蒙爵士晚上在走廊里从事何种活动，从法律的角度来说他绝对已经死亡，而您已经买下了他的所有财产。"

坎特维尔勋爵居然拒绝带走珠宝，这令奥蒂斯先生十分烦恼。他请求勋爵重新考虑自己的决定，但那位仁善的贵族态度十分坚决。最后，勋爵终于说服公使先生允许女儿保留幽灵给她的礼物。

于是，在1890年的春天，年轻的柴郡公爵夫人于新婚期间在女王的首次淑女觐见会上亮了相，身上佩戴的珠宝受到了大家的一致称羡。原来，柴郡公爵刚成年，芙吉尼亚就和这位小情郎结了婚。她戴上了公爵夫人的宝冠，那是所有乖巧的美国小姑娘梦寐以求的奖品[1]。这对新人不仅风范迷人，而且深爱对方。所有人都由衷地为这对天作之合感到高兴，除了两个人。

第一个是年迈的邓布尔顿侯爵夫人，因为她有七个待嫁的女儿，她曾想方设法撮合女儿和公爵，至少张罗了三次昂贵的晚宴。奇怪的是，第二个对婚事不满的人竟是奥蒂斯先生本人。虽然从个人的角度而言，他极为喜爱年轻的公爵，但他从理论上反对贵

1　当时有不少美国富翁愿意和英国贵族联姻提高社会地位。这里作者是在讽刺这种现象。

族头衔，用他自己的话说，他"不免担心寻欢作乐的贵族风气会腐蚀人的意志，使人忘记共和党人真正的朴素原则"。然而，根据民主原则，他对婚事的反对因为其他人的赞成而完全作废。并且，我相信，当他挽着自己的女儿走上汉诺威广场上的圣乔治教堂的过道时，在整个英格兰的广袤土地上，再也找不出一个比他更骄傲的人了。

度完蜜月以后，公爵和公爵夫人重访坎特维尔猎庄。第二天下午，他们散着步走到了松林边的那块孤独的墓地中。一开始，人们不知该在西蒙爵士的墓碑上刻什么字，为此犯了不少难。最终大家决定只刻这位老绅士的姓名首字母，以及窗户上的那段诗文。公爵夫人带来了一些可爱的玫瑰花，她把花撒在幽灵的坟墓上。两人又在坟前站了一会儿，然后便漫无目的地走到了老教堂废弃的圣坛上。公爵夫人在一根倾颓的柱子上坐下，她的丈夫躺在她脚边，一边抽烟卷，一边抬头望着妻子美丽的眼睛。突然，他扔掉了手上的烟卷，抓起她的手，对她说："芙吉尼亚，做妻子的可不该藏着什么秘密不告诉丈夫。"

"我亲爱的塞西尔！我没有藏着什么秘密不告诉你。"

"不，你有。"他笑着答道，"你从来没有告诉过我，当你和那个幽灵一起关在房间里时究竟发生了什么。"

"我从来没有告诉过任何人，塞西尔。"芙吉尼亚严肃地说。

"这我知道，但你可以告诉我。"

"请别问我那件事，塞西尔，我不能告诉你。可怜的西蒙爵士！我欠他太多。是的，你不要笑，塞西尔，我真的欠他太多。他让我看清了什么是生命，死亡意味着什么，也让我懂得了为什么爱比生和死都更加强大。"

公爵站起身来，满怀柔情地吻了妻子。

"你可以保留你的秘密，只要你把你的心给我就行了。"他轻声说道。

"我的心一直在你那儿，塞西尔。"

"有一天你会把那个秘密告诉我们的孩子的，对不对？"

芙吉尼亚羞红了脸。

快乐王子

The Happy Prince

快乐王子的雕像矗立在一根高高的圆柱上，俯瞰着城市。快乐王子全身贴满了薄薄的纯金叶子，他的眼睛是两颗明亮的蓝宝石。一颗大大的红宝石镶在他的剑柄上，闪耀着熠熠的光芒。

快乐王子确实很受崇拜。"他像风信标一样美，"一位市议员评论道——他希望得到一个艺术品位高的名声，"只是不太实用。"他又加了一句，因为他怕别人认为他不切合实际，其实他并不是一个不实际的人。

"你为什么不能像快乐王子一样呢？"一位通情达理的母亲问她那个哭着要月亮的小男孩儿，"快乐王子从不哭哭啼啼地幻想着要一样东西。"

"我真高兴，这世界上有一个人十分快乐。"一个失意的人凝望着这座美妙绝伦的雕像，咕哝道。

"他的模样就像天使。"慈善堂的孩子们说。他们正从大教堂里出来，一个个披着鲜艳的绯红色斗篷，系着洁白的围裙。

"你们是怎么知道的呢？"数学老师说，"你们又没有见过天使。"

"啊！我们见过的呀，在梦里。"孩子们回答说。数学老师皱起了眉头，表情很严厉，因为他不赞成孩子们做梦。

一天夜晚，一只小燕子飞过城市上空。六个星期之前，他的朋友们就已经离去，飞往埃及。但他落在了后面，因为他爱上了那根最美丽的芦苇。早在春天他就遇见了她，当时他正跟着一只大黄蛾沿着河流向前飞，却被她纤细的腰肢吸引住了，他就停下来和她说话。

"我可以爱你吗？"燕子说，他喜欢单刀直入。芦苇对他深深地鞠了一躬，于是他绕着她飞了一圈又一圈，用翅膀点着水，激起一圈圈涟漪。这是他的求爱方式，就这样他求了一整个夏天。

"这种爱恋很荒唐，"别的燕子啾啾地评论道，"她没有钱，亲戚又太多。"确实，河边长满了芦苇。然后，秋天来了，他们全都飞走了。

他们走后，他觉得寂寞了，开始对他的情人感到厌倦。"她不说话，"他说，"恐怕她是个坏女人呢，因为她总是同风儿嬉戏。"当然，一有风吹来，芦苇就会行起最优雅的屈膝礼。"我承认她爱家，"他接着说，"但是我爱旅行，因此，我的妻子也应该爱旅行。"

"你愿意跟我走吗？"他终于这样对她说。但是芦苇摇摇头，她太恋家了。

"那你是一直在玩弄我咯。"他嚷道，"我要离开这里，去看金字塔了，再见！"他飞走了。

他飞了一整天，晚上来到了这座城市。"我在哪儿歇脚呢？"他说，"希望这个城市为我准备好了住处。"

这时他看见了高高的圆柱上的雕像。

“我就在那儿歇脚，”他嚷道，“位置好，空气新鲜。”于是他飞下去，正好落在快乐王子的两脚中间。

“我有了一间黄金卧室。”他一边环顾四周，一边轻轻地对自己说。他准备睡觉了，但当他正准备把头埋到翅膀下面去时，一大滴水落在了他的身上。“多么稀奇的事！”他嚷道，“天上一片云彩也没有，星星十分明亮，居然会下雨。北欧的天气真是糟透了。芦苇总是喜欢下雨，但那只是因为她自私。”

又一滴水落下来。

“一座雕像如果不能挡雨，那它还有什么用呢？”他说，“我得另找一个好的烟囱管帽儿。”他决定飞走。

但他还没来得及张开翅膀，第三滴水落了下来。他仰起头，看见——他看见了什么呢？

快乐王子的眼睛里噙满了泪水，泪水正顺着他金色的脸颊往下淌。月光下，他的脸那么美，让小燕子对他充满了同情。

“你是谁？”小燕子问道。

“我是快乐王子。”

“那你为什么哭呢？”燕子又问，“你把我淋湿了。”

“当我活着并且有一颗人心的时候，”雕像答道，“我不知道眼泪是什么，因为我住在无忧[1]宫里，那里面忧愁是进不去的。白天我和同伴们在花园里玩耍，晚上我在大殿里领舞。花园周边围着一道

1　原文中“无忧”一词为法语 Sans-Souci。

巍峨的高墙，我却从没有想到要问一问，墙外是怎样的一个天地，我眼前的一切都那么美。大臣们叫我快乐王子，我确实很快乐——如果高兴就是快乐的话。我就这样活着，这样死去。我死了，他们就把我放在这儿，这么高，我把城里的一切丑恶和苦难都收进了我的眼底。虽然我的心是铅做的，但我也忍不住要哭出来。"

"什么！他不是纯金的？"燕子暗自思忖道，但他非常有礼貌，不会把个人的评论大声说出来。

"远处，"雕像用低低的、音乐般的声音说道，"在远处的一条小街上，有一户贫苦的人家。一扇窗开着，透过它我看见一个女人坐在桌旁。她的脸消瘦憔悴，双手粗糙发红，布满了针眼，因为她是个裁缝。她正在一件绸缎礼服上绣西番莲花，那是王后最可爱的侍女要在下一次宫廷舞会上穿的。在房间角落里的一张床上，躺着她生病的儿子。他发烧了，想要吃柑橘，而他的母亲除了河水之外，没有别的东西可以给他，所以他在哭。燕子，燕子，小燕子，你愿意把我剑柄上的红宝石送过去给她吗？我的脚固定在这基座上，我动不了。"

"埃及有人在等我，"燕子说，"我的朋友们正沿着尼罗河飞来飞去，和大朵的莲花谈话。不久，他们就要到那个伟大的国王的坟墓里去睡觉。国王本人在里面，躺在彩绘的棺木中。他被裹在黄色的亚麻布里，身上涂了防腐的香料。他的脖子上戴着一根淡绿的翡翠项链，他的双手像枯萎的树枝。"

"燕子，燕子，小燕子，"王子说，"你就不肯陪我一夜，做一回我的使者吗？那个男孩儿那么渴，他的母亲那么悲伤。"

"我认为我不喜欢男孩儿，"燕子答道，"去年夏天，我待在河上的时候，有两个粗野的男孩儿——磨坊主的儿子，老是向我扔石头。当然，他们从来不曾打中过我。我们燕子飞翔的本领太高了，不可能被打中的，而且，我出身于一个以敏捷闻名的家族。不过，那件事仍然给我留下了一种无礼的印象。"

可是快乐王子的神情那么悲哀，小燕子觉得很难过。"这儿天气非常冷，"他说，"但我愿意陪你一夜，做一回你的使者。"

"谢谢你，小燕子。"王子说。

于是燕子从王子的剑柄上啄下那一大块红宝石，衔在嘴里，腾空而起，从一片片屋顶上方，飞向远处。

他飞过大教堂的塔楼，塔楼上有白色大理石的天使雕像。他飞过王宫，听见王宫里有跳舞的声音，看见一个美丽的姑娘和她的情人走到外面的阳台上来。"星星多么神奇哟，"情人对她说，"爱的力量多么神奇！""希望我的礼服能及时做好，赶上豪华舞会，"她回应道，"我叫人在上面绣西番莲花，可是那些女裁缝懒得很。"

他从河流上空飞过，看见船桅上挂着灯笼。他飞过犹太人居住区，看见一些年老的犹太人在讨价还价，用铜天平称钱币。最后燕子来到那户贫苦的人家，向屋子里望去。那个男孩儿正发着烧，在床上翻来覆去。他的母亲趴在桌上睡着了，她太累了。燕子跳进窗里，把那一大块红宝石放在桌上，放在那个女人的顶针旁边，然后他绕着床轻轻地飞着，用翅膀给男孩儿的额头扇风。"好凉快，"男

孩儿说，"我一定是好些了。"接着他便沉入怡悦的睡眠中去了。

　　燕子飞回快乐王子身边，向他叙说了自己做过的事。"真奇怪，"他说，"天这么冷，我却感到十分暖和。"

　　"那是因为你做了一件好事。"王子说。小燕子动起脑筋来，然后就睡着了。他总是一动脑筋就要睡觉。

　　天光破晓之后，他飞下河去洗了个澡。"一个多么异常的现象，"鸟类学教授从桥上走过，看见后说道，"冬天居然有一只燕子！"他就此写了一篇长文，寄给当地的报纸。人人都来引用这篇文章，虽然里面有那么多他们并不理解的字眼。

"今晚我就动身去埃及。"燕子说，这前景让他精神振奋。他参观了城里各处的纪念性公共建筑，还在教堂的尖顶上栖息了很长时间。无论他飞到哪儿，麻雀们都叽叽地喧嚷起来，互相议论道："这是一位多么显贵的异乡人！"因此他感到非常得意。

月亮升起来之后，他飞回到快乐王子身边。"你在埃及有什么事要代办吗？"他喊道，"我马上就要动身了。"

"燕子，燕子，小燕子，"王子说，"你就不肯再陪我一夜吗？"

"埃及有人在等我，"燕子说，"明天我的朋友们要飞到第二大瀑布去。在那儿，河马卧在宽叶香蒲中间，门农[1]神坐在巨大的花岗岩上。他整夜守望着繁星，每当晨星闪亮时，他就发出一声快乐的大叫，然后就沉静了。正午时分，黄色的狮子们到河边来饮水，它们的眼睛像绿色的绿柱石，它们的吼声比瀑布的声音还要大。"

"燕子，燕子，小燕子，"王子说，"我看见远远地在城市的另一头，有一个住在阁楼里的年轻人。他埋着头坐在一张堆满纸的桌子跟前，身旁的大玻璃杯里插着一束枯萎的紫罗兰。他有一头棕色的鬈发，他的嘴唇像石榴一样红艳。他在为剧院的导演完成一个剧本，但是他太冷了，无法再写下去。炉子里没有火，饥饿使他眩晕。"

"那我就再等一夜，陪陪你。"燕子说，"我给他也送一颗红宝

---

1 门农为古希腊神话中的埃塞俄比亚人的国王，在特洛伊战争中被希腊伟大的英雄阿喀琉斯所杀，死后宙斯赐其永生。此处指的是古埃及底比斯附近一座巨大的石像，每天日出时发出竖琴声，后经罗马皇帝修复后不再发声。

石去？"

"唉！我已经没有红宝石了。"王子说，"我剩下的宝物就只有我的一双眼睛。它们是用稀有的蓝宝石做的，这些蓝宝石从一千年前的印度出产。你取下我的一只眼睛，给他送去。他就可以把它卖给珠宝商，买来食物和木柴，完成他的剧本。"

"亲爱的王子，"燕子说，"我不能那么做。"他哭了起来。

"燕子，燕子，小燕子，"王子说，"照我的要求去做吧。"

于是燕子摘下王子的一只眼睛，起身向着年轻人住的阁楼飞去了。房顶上有个洞，很容易进屋。他就扎下去，进了阁楼。年轻人正用手抱住头，所以他没有听见鸟儿的翅膀振动的声音。当他抬起头来时，看见了枯萎的紫罗兰旁边那颗美丽的蓝宝石。

"我开始得到赏识了！"他嚷道，"这一定是一个眼力非凡的仰慕者送来的，现在我可以完成我的剧本了。"他露出了十分快乐的表情。

第二天，燕子到港口飞了一圈。他栖息在一艘大船的桅杆上，看着水手们用绳子把许多大箱子从船舱里拽出来。"嗨哟——拉！"每一只箱子上来时他们都这样喊着号子。"我要去埃及了！"燕子大声说，但是没有人留意他。月亮升起后，他又飞回快乐王子身边。

"我是来和你告别的！"他大声说。

"燕子，燕子，小燕子，"王子说，"你就不肯再陪我一夜吗？"

"已经是冬天了，"燕子答道，"这儿不久就要下寒冷的雪。在埃及，温暖的阳光照在碧绿的棕榈树上，鳄鱼躺在泥淖里，懒洋洋地

望着四周。我的伙伴们正在巴勒贝克神庙[1]里筑巢，粉红色和白色的鸽子一边望着他们，一边咕咕地互相交谈着。亲爱的王子，我必须离开你了，但我永远不会忘记你。明年春天，我会带回两颗美丽的宝石，代替你送掉的那两颗。新的红宝石会比红玫瑰还要红，新的蓝宝石会像大海一样蓝。"

"在下面的广场上，"快乐王子说，"站着一个卖火柴的小女孩儿。她不小心把火柴掉在阴沟里，全都糟蹋了。如果她不带点儿钱

---

1 巴勒贝克神庙位于黎巴嫩境内，是世界著名的古迹。巴勒贝克含有太阳城的意思。

回去，她父亲会打她。她正在哭，她没有鞋也没有袜子，她的小脑袋上没有帽子。你摘下我的另一只眼睛给她，她的父亲就不会打她了。"

"我会再陪你一夜，"燕子说，"但我不能摘你的眼睛，那样你就完全变成瞎子了。"

"燕子，燕子，小燕子，"王子说，"照我的要求去做吧。"

于是燕子摘下王子的另一只眼睛，衔着它俯冲下去。他从小女孩儿身边掠过，把宝石丢在她的掌心里。"多可爱的一块玻璃啊！"小女孩儿嚷道，欢笑着跑回家去了。

燕子回到王子身边。"现在你成瞎子了，"他说，"所以我要永远陪着你。"

"不，小燕子，"可怜的王子说，"你必须走，去埃及。"

"我要永远陪着你。"燕子说，然后在王子的脚边睡着了。

第二天，他栖息在王子的肩头，给王子讲他在一些奇怪的国家里见过的事情。他说到红色的朱鹭——那种鸟在尼罗河岸上站成长长的一排排，用它们的长嘴捉金鱼。他说到斯芬克斯[1]——它和世界本身一样老，住在沙漠里，无所不知，无所不晓。他说到商人——他们在骆驼旁边慢慢地走着，手里攥着琥珀念珠。他说到月亮山[2]的国王——他像乌木一样黑，崇拜一颗大水晶。他说到睡在

1　希腊神话中的狮身人面兽，喜欢让每一个过路人猜谜，猜不中的人就会被它吃掉。埃及开罗市西侧有一座著名的斯芬克斯像。

2　即鲁文佐里山，它是尼罗河的源头，在非洲国家乌干达境内。

棕榈树上的绿色巨蟒——有二十位僧侣用蜜糕喂它。他说到俾格米人[1]——他们坐在扁平的大树叶上驶过大湖,老是和蝴蝶打仗。

"亲爱的小燕子,"王子说,"你讲了许多奇事,但比一切更奇的,是世间男男女女所受的苦。没有任何事物比苦难更不可思议。小燕子,在我的城里到处飞一圈,然后告诉我你看到的事。"

于是燕子飞到城市的上空,看见富人们在他们漂亮的宅子里寻欢作乐,而乞丐却坐在门外。他飞进阴暗的小巷,看见饥饿的孩子们探出苍白的小脸,无精打采地望着污秽的街道。在一座桥的桥拱下,有两个小男孩儿互相依偎着取暖。"真饿呀!"他们说。"你们不要躺在这儿。"巡守人吼道。男孩儿们只好从桥洞里出来,漫无目的地走进雨中。

燕子飞回去,把看到的事说给王子听。

"我身上贴满了纯金的叶子,"王子说,"你把它们一片一片揭下来,送给我的穷人们。活着的人,总是认为金子能让他们快乐。"

燕子把纯金叶子一片一片揭下来,最后,快乐王子成了一副灰暗呆滞的模样。燕子把纯金叶子一片一片送去给穷人,孩子们的脸变红润了,他们欢笑着在街上玩耍。"我们现在有面包了!"他们嚷道。

然后下雪了,雪过后是霜冻。一条条大街看上去就像是用银子铺成的一样,亮晶晶的,闪烁着白光。长长的冰凌如同水晶短剑,

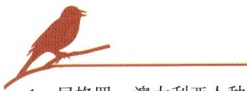

---

1 尼格罗－澳大利亚人种内的一个种族类型。其体质特征是身材矮小,皮肤暗黑,鬈发。

悬挂在屋檐上。在街上走动的人一个个全都穿着皮衣，小男孩儿们戴着绯红色的帽子，在外面溜冰。

可怜的小燕子越来越冷，但他不愿意离开王子，他太爱王子了。他趁面包师不注意的时候，在面包店门口捡面包屑吃，拍动翅膀来保持身体暖和。

但是最后他知道，他就要死了。他的力气刚刚够他最后一次飞到王子的肩头。"再见，亲爱的王子！"他喃喃地说，"我可以吻一吻你的手吗？"

"我很高兴你终于要去埃及了，小燕子。"王子说，"你在这儿耽搁太久了，不过你得吻我的嘴唇，因为我爱你。"

"我要去的不是埃及，"燕子说，"我要去死神的寓所了。死神是睡神的兄弟，不是吗？"

他吻了快乐王子的嘴唇，掉到王子的脚下，死了。

就在这一刻，雕像内部响起了一种奇特的咔嚓声，好像有什么东西破裂了。事实就是，那颗铅心碎成了两半。那确实是一个冷得可怕、冻得要命的冬天。

第二天一大早，在市议员们的陪同下，市长在雕像下面的广场上散步。当经过圆柱时，他抬起头来看看雕像。"天哪！快乐王子的模样多么寒酸哟！"他说。

"确实是太寒酸了！"市议员们嚷嚷道，他们一向都赞同市长的意见。大家都抬起头来看。

"他剑上的红宝石掉了，他的眼睛不见了，他身上的金子没有了，"市长实事求是地说，"他比乞丐好不了多少哟！"

"比乞丐好不了多少！"市议员们说。

"他的脚下居然还有一只死鸟！"市长接着说道，"我们确实有必要颁布一项声明，禁止鸟儿死在这个地方。"市政府秘书动笔记下了这个提议。

于是他们推倒了快乐王子的雕像。"他既然不再美丽，也就不再有用了。"大学的艺术教授说。

然后他们把雕像放到炉子里去熔化。市长召开了一次市政会议，讨论决定得到的金属派什么用场。"我们得新建一座雕像，"市长说，"应该是我的雕像。"

"应该是我的雕像。"每一位市议员都这么说，他们争吵起来。我最近一次得到的消息说，他们仍然在争吵不休。

"多么奇怪的事情！"铸造厂的监工说，"这颗破裂的铅心在炉子里熔化不掉，得把它扔了。"于是他们把它扔到了一个垃圾堆上，正好死去的燕子就躺在那儿。

"把那城里最宝贵的两样东西拿上来给我。"上帝对天使说。天使就给他拿来了铅心和死鸟。

"你的选择是对的，"上帝说，"因为在我的花园里，这只小鸟将永远歌唱，在我的黄金城里，快乐王子将对我赞美和颂扬。"

夜莺与玫瑰

The Nightingale and the Rose

"**她**说，如果我送她红玫瑰，她就和我跳舞，"年轻的大学生嚷嚷道，"但是我的整个花园里连一朵红玫瑰也没有！"

夜莺在橡树上的巢里听见了，透过树叶向外面窥望着，心里面很好奇。

"整个花园里没有一朵红玫瑰！"年轻的大学生嚷道，漂亮的眼睛里含着泪水，"幸福竟维系在这么小的事情上！我读过所有智者写的书，掌握了所有的哲学秘密，却因为缺少一朵红玫瑰，人生就陷入了不幸。"

"终于看到一个真正的情人了，"夜莺说，"虽然先前我并不认识那样一个人，但我一夜又一夜地歌唱他，向星星讲他的故事，现在我终于见到他了。他的头发像风信子的花一样黑，他的双唇像他向往的红玫瑰一样红，但是激情使他的脸苍白得如同象牙，忧伤在他的眉宇间烙下了印记。"

"明晚王子要开舞会，"年轻的大学生喃喃地说，"我的爱人会去参加。如果我带一朵红玫瑰送给她，她就会和我跳舞到天明；如果我带一朵红玫瑰送给她，就能搂着她，让她的头靠在我的肩上，把她的手捏在我的手里。但我的花园里并没有红玫瑰，所以到时候我会坐冷板凳。她从旁边走过，对我不理不睬。她不会留意我的存在，我会心碎。"

"倒确实是个真正的情人呢，"夜莺说，"我所歌唱的，正是使他受苦的。我心目中的欢乐，对他而言却是痛苦。爱真是神奇哦！它比翡翠更珍奇，比圆润的蛋白石更昂贵。用珍珠和石榴换不来它，在市场上觅不着它，从商人那儿买不到它，也不能把它放在天平上称量去兑成金子。"

"乐师们会坐在他们的廊台里，"年轻的大学生说，"用他们的弦乐器演奏。我的爱人会随着竖琴和小提琴的乐声起舞。她的舞姿是那么轻盈，仿佛双脚没有挨到地板似的。身穿华丽礼服的大臣们会簇拥在她的周围，但她不会和我跳舞，因为我没有红玫瑰给她。"他扑倒在草地上，用双手蒙住脸，哭泣着。

"他为什么哭呢？"一条绿色的小蜥蜴竖着尾巴从他身边跑过去，问道。

"真是的，哭什么呢？"一只蝴蝶追着一束阳光飞舞着，说道。

"真是的，哭什么呢？"一支雏菊用柔柔的、低低的声音，悄悄地对邻居说。

"他哭，是因为他想要一朵红玫瑰。"夜莺说。

"想要一朵红玫瑰？"他们嚷道，"多荒唐哦！"

喜欢冷嘲热讽的小蜥蜴甚至毫不顾忌地大笑起来。

但是夜莺知晓大学生心里的忧伤，她静静地栖在橡树上，思索

着爱的神秘。

突然她展开棕色的翅膀，嗖地飞到了空中。她像影子一样掠过小树林，又像影子一样滑翔着穿过了花园。

草坪中央站着一棵美丽的玫瑰树，她看见后飞到他的上空，栖落在一根小花枝上。

"给我一朵红玫瑰，"她大声说道，"我会为你唱我最甜美的歌。"

但是玫瑰树摇摇头。

"我的玫瑰是白色的，"他答道，"像大海的泡沫一样白，比高山上的积雪还要白。去看看我长在老日晷旁边的兄弟吧，也许他会给你你想要的东西。"

于是夜莺飞到了长在老日晷旁边的玫瑰树跟前。

"给我一朵红玫瑰，"她大声说道，"我会为你唱我最甜美的歌。"

但是玫瑰树摇摇头。

"我的玫瑰是黄色的，"他答道，"像坐在琥珀宝座上的美人鱼的头发一样黄，比刈草人带着长镰到来之前盛开在草地上的水仙花还要黄。去看看我长在大学生窗下的兄弟吧，也许他会给你你想要的东西。"

于是夜莺飞到了长在大学生窗下的玫瑰树跟前。

"给我一朵红玫瑰，"她大声说道，"我会为你唱我最甜美的歌。"

但是玫瑰树摇摇头。

"我的玫瑰是红色的，"他答道，"像鸽子的脚一样红，比海洋的巨穴中不断拂动的珊瑚巨扇还要红。但是冬天的寒冷冻住了我的脉管，冰霜啮去了我的花蕾，风暴摧折了我的树枝，今年一整年，我都不会开玫瑰花了。"

"我只要一朵红玫瑰，"夜莺大声说，"一朵红玫瑰就行了！就没有办法得到这一朵玫瑰了吗？"

"倒是有一个办法，"玫瑰树答道，"但是太可怕了，我不敢告诉你。"

"告诉我吧，"夜莺说，"我不害怕。"

"你若想要一朵红玫瑰，"玫瑰树说，"就必须在月光下用音乐把它造出来，并且用你自己心中的血把它染红。你必须用胸脯顶着我的一根刺，对我唱歌；你必须对我唱一整夜，那根刺必须刺进你的心，让你的生命之血流进我的脉管，变成我的血液。"

"为了一朵红玫瑰付出生命，这代价太大了。"夜莺嚷道，"对于任何人，生命都是非常宝贵的。憩息在郁郁葱葱的树林里，看太阳驾着他那黄金的战车，看月亮赶着她那珍珠的战车，是一件多么愉快的事。山楂的气息是那么芬芳。在山谷里隐匿着的风铃草，在小山上开着花的石楠，都那么香甜。可是爱比生命更重要，而且，鸟儿的心和人的心相比，又算得了什么呢？"

于是她展开棕色的翅膀，嗖地飞到了空中。她像影子一样掠过小树林，又像影子一样滑翔着穿过了花园。

年轻的大学生仍然躺在草地上，仍然在夜莺离开时他待的地方。在他的美丽的眼睛里，泪水还没有干。

"快乐些，"夜莺大声说，"快乐些，你会得到你想要的红玫瑰的。我会在月光下用音乐把它造出来，并且用我自己心中的血把它染红。我只要你一个回报，那就是做一个真正的情人。因为，虽然哲学有智慧，爱却比哲学更有智慧；虽然权力很有力量，爱却比权力更有力量。爱的翅膀是火焰的颜色，爱的躯体也是火焰的颜色。爱的唇像蜜一样甜，爱的呼吸像乳香[1]一样香。"

年轻的大学生在草地上仰望着、倾听着，但他听不懂夜莺对他

---

1 指芳香的树脂。

所说的话，因为他只知道书本上写下的东西。

但橡树是听得懂的，因为他非常喜爱小夜莺，小夜莺的巢就筑在他的树枝上。

"最后唱一次歌给我听吧，"他悄声说道，"你去了以后，我会感到很孤独的。"

于是夜莺对着橡树唱起来，她的声音宛若银罐里沸腾的水声。

她唱完后，大学生站起来，从口袋里掏出一个笔记本和一支铅笔。

"她有形体，"他一边从小树林里往外走，一边对自己说，"这不可否认，可是她有感情吗？恐怕不会有吧。其实，她跟所有的艺术家一样，气派十足，却没有丝毫真诚。她不会为别人牺牲自己。她心里想着的只有音乐，人人都知道，艺术家是自私的。不过还是必须承认，她的声音里有些美丽的调子。只可惜它们没有任何意义，也没有一点儿实际的用处。"他走进自己的房间，躺在简陋的小床上，开始思念他的爱人。过了一会儿，他睡着了。

当月亮照耀在天上的时候，夜莺飞上玫瑰树，将胸脯顶在一根刺上。她将胸脯顶在刺上歌唱了一整夜，清冷的、水晶般的月亮俯身倾听着。她歌唱了一整夜，胸脯顶在刺上，刺越扎越深，她身体里的生命之血越流越少。

起初她歌唱的是一对少男少女心中爱情的诞生。玫瑰树最顶端的小树枝上开出了一朵奇妙的玫瑰，她一首歌接着一首歌地唱，那朵花一片花瓣接着一片花瓣地开。起初是浅白的，宛若悬浮在河面

上的雾，如同晨光女神的双足一样苍白，像黎明女神的翅膀一样泛着银光。玫瑰树最顶端的那根小树枝上开放的玫瑰，宛若银镜中的玫瑰镜像，宛若一池碧水中倒映的玫瑰花影。

但是玫瑰树叫夜莺把胸脯在刺上顶紧些。"顶紧些，小夜莺，"玫瑰树嚷道，"否则玫瑰花还没有开完，白昼就来临了！"

于是夜莺把胸脯更紧地顶在刺上，她唱得也越来越响亮，因为现在，她在唱一对青年男女灵魂里激情的诞生。

玫瑰的花瓣上呈现出了娇美的红晕，就像新郎吻新娘的唇时，新郎脸上的红晕一样。但是刺还没有抵达夜莺的心，所以玫瑰的心仍然是白色的，因为只有夜莺心中的血，才能把玫瑰的心染红。

玫瑰树叫夜莺把胸脯在刺上再顶紧些。"顶紧些，小夜莺，"玫瑰树嚷道，"否则玫瑰花还没有开完，白昼就来临了！"

于是夜莺把胸脯更紧地顶在刺上，刺触到她的心，顿时一阵剧烈的刺痛穿透了她的全身。她痛得越厉害，她的歌声就越激昂，因为现在，她唱的是由死神完成的爱，在坟墓里也不死的爱。

那朵奇妙的玫瑰变成了绯红色，就像东方玫瑰色的朝霞。环绕花心的花瓣是绯红的，玫瑰花心红得像红宝石。

但是夜莺的声音越来越弱了，她的小翅膀开始扑扇，一层薄翳罩上了她的眼睛。她的歌声越来越微弱，她感觉到有什么东西堵在了喉咙口。

然后她迸发出了最后的歌声。洁白的月亮听到这歌声，忘记了黎明已经来到，依然羁留在天上。开放的红玫瑰听到这歌声，在狂喜中浑身颤抖起来，张开了花瓣迎向清冷的晨风。回音将这歌声带回她紫色的山洞里，把熟睡的牧羊人从梦中唤醒。它飘荡着从河边的芦苇丛中穿过，芦苇把它的消息带向了大海。

"看哪，看！"玫瑰树喊道，"玫瑰花已经开完了。"但是夜莺没有答话，因为她躺在长长的青草上，已经死了，她的心上还扎着那根刺。

正午时分，年轻的大学生打开窗户，向外面看。

"哇，多么好的运气！"他嚷道，"这儿有一朵红玫瑰！我一辈子都从没见过这样一朵玫瑰呢。太美了，我敢肯定，它一定有一个很长的拉丁文名字。"他俯下身去，把玫瑰摘了下来。

然后他戴上帽子，手里拿着玫瑰，向教授家跑去。

教授的女儿坐在门口，手里拿着一个线轴正在绕蓝丝线，她的小狗趴在她的脚边。

"你说过，如果我送你一朵红玫瑰，你就会和我跳舞，"年轻的大学生大声说道，"这是全世界最红的玫瑰。今晚你把它别在心口，我们一起跳舞的时候，它会告诉你，我有多么爱你。"

可是姑娘皱起了眉头。

"恐怕它和我的衣服不搭配哦。"她答道，"还有呢，宫廷内侍的侄子送了我一些真的珠宝，人人都知道，珠宝比花儿值钱多了。"

"哼，要我说呀，你真是个忘恩负义的人！"年轻的大学生很生气地说。他把那朵玫瑰扔到了大街上，不巧它落在沟槽里，一只马车轮子从它的上面压了过去。

"忘恩负义？"那姑娘说，"我老实告诉你，你很无礼。说到底，你算老几呀？只是个大学生而已。嗯，宫廷内侍的侄子的鞋子上都有银带扣，我相信你连这个也没有。"说完她从椅子里站起身来，进了屋子。

"爱是个多么愚蠢的东西啊，"年轻的大学生一边走开一边说，"它连逻辑学的一半用处都没有，因为它不能证明任何事情。它总是告诉人不会发生的事，叫人相信不真实的东西。事实上，它是完全不实际的，在这个时代，讲求实际就是一切，我还是回到哲学里去，研究研究形而上学吧。"

于是他回到房间里，拿出一本落满灰尘的大书，开始读起来。

自私的巨人

The Selfish Giant

每天下午，孩子们放学后，都喜欢到巨人的花园里去玩。

那是一个可爱的大花园，里面长着柔嫩的青草。青草上面，到处有亭亭玉立的、星星似的美丽花朵。园子里还长着十二株桃树，在春天的时光里盛开出娇美的粉红色和珍珠白的花朵，在秋天结出丰硕的果实。鸟儿栖息在树上，对着孩子们唱出甜美无比的歌，引得他们停下游戏，听它们歌唱。"我们在这儿多快乐啊！"他们这样对彼此叫嚷着。

一天，巨人回来了。他离家是去拜望一个朋友，就是康沃尔郡[1]那个食人魔，他在食人魔那儿住了七年。七年后，当他把非说不可的话都说完了——要知道他说话的能力有限——就决定返回自己的城堡。他回到家时，正好看见孩子们在花园里玩。

"你们在这儿干什么？"他粗声粗气地说，孩子们就呼啦一下逃走了。

"我自己的花园就是我自己的花园，"巨人说，"这一点谁都能弄

---

1 康沃尔郡是英国的一个郡，位于英国西南部。

明白。除了我自己，谁也不许在这里玩耍。"于是他在花园周围建了一道高墙，并且挂了一块告示牌：

```
闲人莫入
违者法办
```

他是一个很自私的巨人。

可怜的孩子们现在没有地方玩耍了。他们试着在路上玩，可是路上灰尘很大，而且布满了很硬的石子儿，他们不喜欢。上完课后，他们经常在高墙外面逛来逛去，谈论着墙里面的美丽花园。"在那儿我们曾经多么快乐啊！"他们这样对彼此说道。

春天来了，乡间到处开着小花，到处飞着小鸟。只有自私的巨人的花园里仍然是冬天。里面没有孩子，鸟儿们就不高兴唱歌，树木也忘了开花。只有一朵美丽的花儿从草丛里探出头来，但是它看见告示牌后，很为孩子们感到难过，就悄悄地缩回地下，闭上眼睛睡大觉了。唯一感到高兴的只有雪和霜两位。"春天已经遗忘这个花园了，"她们嚷道，"这样我们就可以一年到头住在这儿了。"雪用她那巨大的白色斗篷遮盖住了青草，霜给所有的树涂上了银色，然后她们邀请北风来和她们同住，他就来了。北风裹着一身裘皮，整天在花园里到处吼叫着，把烟囱管帽儿也吹倒了。"这是个令人愉快的地方，"他说，"我们一定要叫冰雹来做一回客。"冰雹就来了。冰雹每天在城堡的屋顶上咔嗒咔嗒地蹦跶三个小时，最后把石

板瓦踩碎了一大半，然后他以最快的速度，在花园里绕着圈子不停地疯跑。他穿着灰色的衣裳，他的呼吸就像冰一样。

"搞不懂，为什么春天来得这样迟，"自私的巨人说，他坐在窗前，望着外面白茫茫、冷冰冰的花园，"希望天气会有一点儿变化。"但是春天始终没有来，夏天也没有来。秋天给每一个花园带来了金色的果实，却没有给巨人的花园一个果子。"他太自私了。"秋天说。于是啊，那花园里一直是冬天，只有北风和冰雹，还有霜和雪，在一棵棵树之间穿来穿去地跳舞。

一天早晨，巨人睁着眼睛躺在床上，忽然听见外面响起了动人的音乐。乐声那么甜美悦耳，他以为一定是国王的乐队从这儿路过。其实，那只是一只小小的朱顶雀在窗外唱歌，但他已经很久很久没有听见鸟儿在花园里歌唱了，所以在他听来，那歌声仿佛是世界上最美的音乐。这时，他头顶上的冰雹停止了跳舞，北风也停止了吼叫。透过敞开的窗扉，一阵怡人的芳香向他飘来。"肯定是春天，她终于来了。"巨人说道。他跳下床，向外面望去。

他看见了什么呢？

他看见了一个最美妙的景象。孩子们从高墙下面的一个小洞爬了进来，一个个都坐在树枝上。他看见每一棵树上都坐着一个小孩儿。孩子们回来了，那些树真是高兴，都披上了满树的鲜花，轻轻地在孩子们的头顶上挥舞着手臂。鸟儿们到处飞翔着，快乐地唧啾着。花儿们从绿草丛中仰起头来望着，开心地笑着。这是一个动人的景象，只剩下一个角落仍然是冬天。在花园最偏远的一个角落

里，站着一个小男孩儿。他太小了，伸手够不着树枝，就在那角落里转悠着，哭得很伤心。那棵可怜的树，身上依然盖满了霜和雪，北风在它头顶上呼呼地吹着、吼着。"爬上来呀，小男孩儿。"树说。它尽可能低地弯下树枝，但是那男孩儿太小了。

巨人向窗外望着望着，他的心融化了。"我多么自私啊！"他说，

"现在我明白为什么春天不肯来这儿了。我要把那可怜的小男孩儿放到树顶上去，然后把围墙推倒，我的花园将永远永远是孩子们的游乐场。"对于自己过去的行为，他真的感到十分后悔。

于是他下了楼，很轻很轻地打开前门，走出去，来到花园里。但孩子们一看见他就吓坏了，呼啦一下全都逃开，花园里又变成了冬天。只有那个小男孩儿没有跑，因为他的眼睛里噙满了泪水，没有看见巨人来了。巨人悄悄地溜到他身后，轻轻地用一只手把他举起来，放到树上。那树立刻绽放出了鲜花，鸟儿飞过来，栖在树上唱起了歌。小男孩儿张开双臂，一下子抱住巨人的脖子，吻了他。别的孩子看到巨人不再凶恶，就都跑了回来，春天也跟着他们回到了花园。"花园现在是你们的了，孩子们。"巨人说道。他拿起一柄巨斧，把围墙砍倒了。当十二点钟人们去市场时，发现巨人在同孩子们一起玩耍，在一个他们平生见过的最美丽的花园里。

他们玩了一整天。黄昏时分，孩子们都来到巨人跟前，向他告别。

"但是你们的小伙伴呢？"他说，"我放到树上的那个男孩儿在哪儿？"巨人最爱那孩子，因为那孩子吻过他。

"我们不知道，"孩子们答道，"他已经离开了。"

"你们一定要告诉他，明天请他一定要来这儿。"巨人说道。但是孩子们说，他们不知道他住在什么地方，先前也从来不曾见过他。巨人感到很伤心。

每天下午放学后，孩子们就来和巨人一起玩，但是巨人所爱的那个小男孩儿再也没有出现过。巨人仁爱地对待孩子们，但他非常想念他的第一个小朋友，经常说起他。"我多想见见他呀！"他总是这样说。

岁月流逝，巨人变得很老、很孱弱了。他再也不能和孩子们一起玩耍了，就坐在一张巨大的扶手椅里，看着孩子们做游戏，欣赏着自己的花园。"我有许多美丽的花儿，"他说，"但所有花朵中最美丽的，是这些孩子。"

一个冬天的早晨，他边穿衣服边望着窗外。现在他已经不恨冬天了，因为他知道，冬天只不过是春天在睡眠，花儿们在休息。

突然，他惊讶地揉了揉眼睛，盯着外面看了又看。那确实是一个奇妙的景象。花园最偏远的一个角落里有一棵树，开了满树可爱的白色花朵，树枝完全是黄金的，金枝上坠着银果子，树下站着他所爱的那个小男孩儿。

巨人在巨大的欢乐中跑下楼，走出城堡，进了花园。他急急忙忙地穿过草地，向那孩子身边走去。当来到离孩子十分近的地方时，他的脸因为气愤而涨得通红，他说："谁那么大胆，竟敢伤害你？"因为那孩子的两只手掌上有钉子钉过的印记，两只小脚上也有钉子钉过的印记[1]。

"谁那么大胆，竟敢伤害你？"巨人嚷道，"告诉我，我拿着我的长剑，去把他杀了！"

---

1 这个孩子就是耶稣，这里的描述暗指耶稣曾被钉在十字架上。

"不！"孩子答道，"这些是爱的伤痕哪。"

"那么你是谁呢？"巨人说。一种奇异的敬畏感突然向他袭来，他跪倒在孩子面前。

孩子向巨人微笑着，对他说："有一回你让我在你的花园里玩过，今天你要跟我去我的花园了，那是天国的乐园。"

那天下午当孩子们跑进花园里时，发现巨人躺在树下，他已经死了，身上铺满了白色的花朵。

忠实的朋友

The Devoted Friend

天早晨，老水鼠把脑袋探到洞口外面。他长着亮晶晶的小圆眼睛、硬扎扎的灰色胡须，尾巴就像一长条黑色的橡胶。小鸭子们在池塘里游来游去，那样子就像一群黄色的金丝雀。他们的母亲全身纯白，长着一双真正的红腿，正在教他们怎样在水中头朝下倒立。

"除非你们能倒立，否则永远进不了最上等的社交界。"她不断地对他们这样说着，还不时地给他们做示范。但是小鸭子们的注意力并不在她身上，他们太年轻了，根本就不了解进入最上等的社交界的好处。

"多么不听话的孩子！"老水鼠喊道，"真应该淹死他们。"

"别这样说，"母鸭回应道，"人人都有一个开头，做父母的不能没有耐心。"

"啊！对于做父母的感受我一无所知，"老水鼠说，"我不是个有家室的男人。其实，我没有结过婚，也从来没有打算结婚。从某个角度看，爱情是挺不错的，但友谊高尚得多。说实在的，我不知道世界上还有什么东西比忠实的友谊更高贵、更难得。"

　　"作为忠实的朋友有些什么义务呢？请教一下你的看法。"一只绿衣朱顶雀问道。她就栖息在旁边的一棵柳树上，刚才的谈话她都听到了。

　　"是啊，这正是我想知道的。"母鸭说，然后她就游开了，游到池塘尽头，来了个倒立，给她的孩子们做一个良好的示范。

　　"多么愚蠢的问题！"老水鼠嚷道，"我当然希望忠实的朋友对我忠实。"

　　"那你怎样回报忠实的朋友呢？"朱顶雀一边说一边扑棱着她的小翅膀，在一根银色的小树枝上荡着秋千。

　　"我不明白你的意思。"老水鼠答道。

"我来给你讲个故事吧，是关于这个题目的。"朱顶雀说。

"你的故事与我有关吗？"老水鼠问，"如果有关，我很愿意听，因为我极喜欢小说。"

"这故事可以用在你身上。"朱顶雀答道。她飞下来，落在池塘边，开始讲忠实的朋友的故事。

"从前，"朱顶雀说，"有个诚实的小家伙，名字叫汉斯。"

"他很出名吗？"老水鼠问。

"不，"朱顶雀答道，"我认为他一点儿也不出名，只是心肠特别好，还有，他那张圆脸总是和颜悦色的，很有趣。他独自一人，住在一间小小的茅屋里，每天在他的花园里干活。在那一带乡间，没一个花园有他的花园那么可爱。里面长着温柔的威廉、吉莉的花儿、牧羊人的钱袋和法兰西的漂亮少女[1]。园子里还有淡红色玫瑰和黄玫瑰，淡紫色藏红花和金色藏红花，紫色紫罗兰和白色紫罗兰。许多的花儿，耧斗菜和碎米荠，墨角兰和野罗勒，黄花九轮草和鸢尾花，水仙和康乃馨，都按照季节依次开放。一种花刚谢，另一种花紧接着就开了，所以在花园里永远看得到美丽的景致，永远闻得到怡人的芬芳。

"小汉斯有好多好多朋友，不过里面最忠实的要算磨坊主大休。富有的磨坊主对小汉斯确实够'忠实'的，他从小汉斯的花园边经过时，没有一次不把上身探进墙垣，摘走一大束花儿，或者薅走一把香

1　这些都是植物的别称，依次为美洲石竹、紫罗兰、荠菜和乌头叶毛茛。

草。在有果子的季节，他一定会在自己的口袋里装满梅子和樱桃。

"'真正的朋友是应该样样东西都共享的。'磨坊主总是这样对小汉斯说。小汉斯就点头、微笑，为自己拥有这样一个思想高贵的朋友而骄傲。

"说实在的，有时啊，邻居们觉得奇怪：磨坊主那么有钱，磨坊里存着一百包面粉，还有六头奶牛和一大群绵羊，却从不回赠小汉斯一丁点儿东西。可小汉斯不愿意费脑子想这些，而且磨坊主时常给他讲些美妙的事，说明真正的友谊是无私的。没有什么能比磨坊主的言辞带给小汉斯更大的乐趣。

"所以小汉斯不停地在花园里劳作。春天、夏天和秋天，他都很快乐。可是冬天来临后，他就没有果子或者花儿拿到市场上去卖了。他又冷又饿，非常遭罪，常常没有晚饭，只好吃点儿干了的梨子或者硬坚果，然后就上床睡觉。而且，冬天的时候他是极孤单的，因为这段时间磨坊主从来不去看他。

"'雪没有化的时候，我去看小汉斯是没有好处的，'磨坊主总是对他的妻子说，'因为人遇到麻烦的时候，应该让他独自待着，不要有访客去打扰他。这至少是我个人对友谊的看法，我相信这看法是对的。所以我要等到春天来临，到时候我去看望他，他就能够给我一大篮子报春花，那样他会很快乐。'

"'你确实很为别人着想呢，'他的妻子答道，她正坐在舒适的扶手椅里，对着一炉旺旺的松木柴火，'确实想得周到。听你谈论友谊真是一种享受。我敢肯定，就是牧师本人，也说不出这么美丽

的言辞，尽管他住在三层楼的房子里，小指上戴着一枚金戒指。'

"'但是我们不能叫小汉斯到这儿来吗？'磨坊主的小儿子说，'如果可怜的汉斯遇到了麻烦，我会把我的粥给他一半，请他看我的白兔子。'

"'真是个傻孩子！'磨坊主嚷道，'真不知道送你去上学有什么用，你好像什么也没学到。呃，如果小汉斯到这儿来，看到我们家温暖的炉火、丰盛的晚餐和大桶的红酒，他有可能会妒忌的。妒忌是一种最可怕的东西，会损害人的天性。我当然不愿意让小汉斯的天性受到损害。我是他最好的朋友，我会永远守护着他，务必不让他受到诱惑，误入歧途。此外，如果小汉斯来这儿，他有可能会要求我赊给他一些面粉，那种事我是不能做的。面粉是一回事，友谊是另一回事，不能混淆在一起。呃，这两个词写法不一样，就意味着完全不同的东西。这一点人人都看得出来。'

"'你说得多好哇！'磨坊主的妻子说，她拿起一个大玻璃壶，给自己倒了点儿热的麦芽酒，'我真的觉得好困，真就像在教堂里听布道时一样。'

"'有许多人事情做得好，'磨坊主说，'但是极少有人话儿说得好。这说明，在做和说这两件事中，说要难得多，也优雅得多。'他隔着桌子，严厉地看着他的小儿子。那孩子羞愧地低下头，脸涨得通红，眼泪冒了出来，掉进了茶杯里。无论如何他还小，你们得谅解他哦。"

"故事讲到这儿就结束了吗？"老水鼠问。

　　"当然没有，"朱顶雀答道，"才刚刚开始呢。"

　　"那你可完全落后于时代了，"老水鼠说，"现今讲故事的好手，都从结尾开始讲起，然后讲开场，最后才讲中段。这是新方法。我全是从一个批评家那儿听来的，当时他正和一个年轻人绕着池塘散步。关于这个问题他讲了长长的一大套道理，我敢肯定他是正确的，因为他戴着一副蓝边眼镜，头已经秃了，而且只要那年轻人一发表见解，他就回答一声：'呸！'不过，还是请你继续讲故事吧。我极喜欢那磨坊主。我本人有各种美好的情操，所以我和他之间有很大的共鸣。"

　　"嗯，"朱顶雀说，他时而用这条腿跳一下，时而又用那条腿跳一下，"冬天一过去，当报春花开始撑开淡黄色花瓣的时候，磨坊主就对他的妻子说，他要下山去看小汉斯。

"'嘿，你的心肠多好哦！'他的妻子嚷道，'你总是为别人着想。记着带上那只大篮子，装些花儿回来。'

"于是磨坊主用一根粗铁链缚住风车的翼板，胳膊上挎着那只大篮子，下山去了。

"'早安，小汉斯。'磨坊主说。

"'早安。'小汉斯说。他倚在铲子上，笑得嘴咧到了耳朵。

"'整个冬天你过得好吗？'磨坊主问。

"'好，真的挺好，'汉斯嚷道，'承蒙你好心问我好，你真是太好了。我恐怕得说，冬天我过得挺艰难呢，不过现在春天来了，我所有的花儿都长得很好。'

"'冬天的时候我们时常说起你，汉斯，'磨坊主说，'很想知道你过得怎样。'

"'你们太好心了，'汉斯说，'我有点儿害怕你们已经把我忘了呢。'

"'汉斯，你这话叫我惊讶，'磨坊主说，'友谊是绝不会被遗忘的。这就是友谊的美妙之处，但我感觉恐怕你不理解生活中的诗意呢。哟嗬，我说，你的报春花看上去多可爱啊！'

"'确实很可爱。'汉斯说，'有这么多报春花，对我来说是一件最幸运的事。我要把它们运到市场上去，卖给市长的女儿，换了钱赎回我的手推车。'

"'赎回你的手推车？你的意思不是说你把它卖掉了吧？干那样

的事，多傻哟！'

　　"'嗯，事情是这样的，'汉斯说，'我是被逼无奈。你知道，冬天对我来说，是很糟糕的时光，我真的到了没有一文钱买面包的地步。所以，我先是把星期天穿的最好的外套上的银纽扣卖了，然后卖掉了银链子，又卖掉了我的大笛子，最后才把手推车卖了。但是现在，我要去把它们全赎回来。'

　　"'汉斯，'磨坊主说，'我把我的手推车送给你。它保养得不是很好。实际上，车子的一边已经没有了，车轮的辐条也有些毛病。尽管如此，我还是会把它送给你。我知道，我这样做是非常慷慨的，许多许多人会认为我把它送人是极其愚蠢的，但是我和其他所有人都不一样。我认为，慷慨是友谊的真谛，此外，我自己已经有了一辆新手推车。没错，你可以放下心来，我会把我的手推车送给你。'

　　"'嘿，你真是太慷慨了，'小汉斯说，他那张有趣的圆脸快活得放出了满面的红光，'我很容易就能把它修好，因为我的屋子里有一块厚木板。'

　　"'一块厚木板！'磨坊主说，'嘿，我修谷仓的屋顶正需要这样一块厚木板呢！它坏了一个大洞，如果不把洞堵上，谷子就会被淋湿的。幸好你提到了厚木板！常言道，一件好事总是牵出另一件好事，还真是灵验。我送你手推车，接下来你就送我厚木板。当然，手推车比厚木板值钱得多，但是真正的友谊从来是不计较这个的。请你马上把它拿来吧，我今天就要动手把谷仓修好。'

　　"'一定要修！'小汉斯大声说。他跑进茅屋，把木板拖了出来。

"'这块木板不是很大，'磨坊主看了看说道，'恐怕我修了谷仓的屋顶以后，就剩不下什么来给你修手推车了。不过，这当然不是我的错。对了，既然我把手推车送给了你，你肯定很乐意给我一些花儿作为回报。这有一个篮子，你不介意把它装个满满当当吧？'

"'满满当当？'小汉斯说。他有点儿懊恼，因为那实在是一个很大的篮子。他知道，如果把它装满，就剩不下花儿让他自己拿到市场上去卖了，可他正急着要把银纽扣赎回来呢。

"'嗯，说实在的，'磨坊主答道，'既然我把手推车送给了你，我想，跟你要一点儿花儿总不过分吧。也许我想错了，我一直以为，友谊，真正的友谊，是不掺杂一点儿私心的。'

"'我亲爱的朋友，我最好的朋友，'小汉斯嚷道，'我花园里的所有花儿，请你随便拿。还是得到你的好看法要紧，至于我的银纽扣，哪天去赎都行。'他赶紧跑过去，把他那些漂亮的报春花全摘了，装进磨坊主的篮子里。

"'再见，小汉斯。'磨坊主说。他肩上扛着木板，手里提着一大篮子花儿，向小山上走去。

"'再见。'小汉斯说。他十分快活地挖起土来，心里很满意手推车的事。

"第二天，他正在往门廊上钉忍冬藤，路上传来了磨坊主喊他的声音。他赶忙从梯子上下来，跑进花园，隔着墙垣向外张望。

"磨坊主站在墙外，背上驮着一大袋面粉。

"'亲爱的小汉斯，'磨坊主说，'你帮我把这袋面粉背到市场上

去，好吗？'

"'哦，非常抱歉，'小汉斯说，'今天我实在是很忙。我得把这些藤全钉起来，给所有的花儿浇水，还要把所有的草推平。'

"'唔，说真的，'磨坊主说，'我觉得，我就要把手推车送给你了，你还拒绝我，可有点儿不讲友谊呢。'

"'啊，请别这样说，'小汉斯嚷道，'就算天塌下来，我也不会不讲友谊的。'他跑进茅屋拿了一顶帽子戴上，然后就把一大袋面粉扛在肩头，步履艰难地出发了。

"那是个很热的天，路上的尘土大得吓人，汉斯还没有走到第六个里程碑就累得不行了，只好坐下来休息一下。无论如何，他还是勇敢地继续往前走，最后终于走到了市场。他在市场上等了一会儿，就把那袋面粉卖了个好价钱，然后立刻动身回家，因为他害怕耽搁久了在回去的路上会遇到强盗。

"'今天确实很辛苦，'小汉斯上床的时候对自己说，'但是我很高兴没有拒绝磨坊主，因为他是我最好的朋友，此外，他还要把手推车送给我呢。'

"第二天一大早，磨坊主下山来取卖面粉的钱，可是小汉斯太累了，躺在床上还没起来。

"'要我说，'磨坊主说，'你太懒了。想想看，我就要把手推车送给你了，我觉得你应该更勤快些干活才是。懒惰是一宗很大的罪孽，我当然不愿意我的任何朋友懒惰或者闲散。我说话太直率了，你不要介意。当然，如果我不是你的朋友，我是决不会想到对你说这种话的。但是，如果不能直言不讳，那么友谊还有什么用呢？人人都可以溜须拍马说好话，但是真正的朋友说的永远是逆耳忠言，不惜惹人生厌。其实，如果他是真正的朋友，就宁愿惹人生厌，因为他知道这是在做好事。'

"'非常抱歉，'小汉斯一边说一边揉着眼睛，脱下睡帽，'我太累了，想再躺一会儿，听听鸟儿唱歌。你知道吗？听过鸟儿唱歌之后，我干起活来总是更有精神。'

"'嗯，听你这样说我很高兴，'磨坊主拍拍小汉斯的背，说道，'因为我要你穿好衣服后马上就到小山上的磨坊里来，帮我修理谷仓。'

"可怜的小汉斯急着要去自己的花园里干活，因为他的花儿已经有两天没浇水了。但他不愿意拒绝磨坊主，因为磨坊主是他那么好的一个朋友。

"'如果我说我很忙，你会认为我不讲友谊吗？'他询问道，声音又羞又怯。

"'嗯，说真的，'磨坊主答道，'我觉得我并没有要求你太多。想想看，我就要把手推车送给你了。当然，如果你拒绝，我就自己去修。'

"'啊！决不要这样。'小汉斯嚷道。他跳下床，穿好衣服，就上山去修谷仓了。

"他在谷仓里工作了一整天，直到日落。日落时分，磨坊主来了，来看看工作进展得如何。

　　"'你把屋顶上的洞修好了吗，小汉斯？'磨坊主大声问道，他的声音听起来很快活。

　　"'完全修好了。'小汉斯一边回答，一边从梯子上下来。

　　"'啊！'磨坊主说，'做什么工作也不如为别人干活令人愉快。'

　　"'听你谈话确实是一种极大的荣幸，'小汉斯回应道，一边坐下来，一边擦着额头上的汗，'非常非常大的荣幸。但我恐怕永远不会有你这些美丽的想法呢。'

　　"'哦！你会有的，'磨坊主说，'但是你要再下点儿苦功。目前你还只有友谊的实践，总有一天，你也会有友谊的理论。'

　　"'你真的觉得我会有吗？'小汉斯问。

　　"'我确信不疑，'磨坊主答道，'但是你既然修好了屋顶，最好

还是回家去休息吧，因为我要你明天帮我把绵羊赶到大山里去。'

"可怜的小汉斯不敢对此说半个不字。第二天一大早，磨坊主就把一群绵羊赶到了茅屋外面，汉斯动身把它们赶到大山里去。他一去一回花了一整天的时间，回到家时，已经累得不成样子，坐在椅子里就睡着了，一直睡到天光大亮才醒。

"'今天我会在自己的花园里很开心地过一天。'他说，然后立刻就去干活了。

"但不知怎么的，他总是没有时间照料他的花儿，因为他的朋友磨坊主老是来派他去办花费时间很长的差事，要不就叫他去磨坊里帮忙。小汉斯有时感到非常苦恼，因为他害怕自己的花儿会以为他把它们忘了。但他仍然用这样一个想法来自我安慰：磨坊主是我最好的朋友。'此外，'他总是对自己说，'他就要把手推车送给我了，这纯粹是一个慷慨的举动。'

"就这样，小汉斯不停地为磨坊主干活，磨坊主对他说着各种关于友谊的美丽言辞。小汉斯拿一个笔记本把那些话记下，晚上再拿出来温习研读一遍，因为他是一个很好学的人。

"接下来不巧发生了一件事。一天晚上，小汉斯正坐在炉边烤火，门上突然响起了一记很重的叩击声。那是一个天气很坏的夜晚，狂风在屋子四周呼啸着、怒吼着，那么可怕。起先他还以为，那只是暴风雨在撞门，但是第二记叩门声又响了，然后是第三记，比前两记更重。

"'是一个可怜的过路人吧。'小汉斯自言自语着向屋门跑去。

"门口站着磨坊主，一只手提着灯笼，另一只手挂着一根大棍子。

"'亲爱的小汉斯，'磨坊主大声喊着，'我遇上大麻烦了。我的小儿子从梯子上掉下来，摔伤了，我要去叫医生，但是他住得太远了，今晚天气又那么坏。我刚才忽然想起来，还是你替我去吧，那样要好得多。你知道，我就要把手推车送给你了，所以啊，你应该为我做点儿事情来报答我，这才公平。'

"'当然，'小汉斯喊道，'你来找我就是看得起我，我觉得很荣幸，我马上就动身。不过你得把灯笼借给我，天太黑了，我怕会摔到沟里。'

"'我很抱歉，'磨坊主答道，'但这是我的新灯笼，如果出了什么差错，那会是一个很大的损失。'

"'嗯，没关系，我就不带灯笼了吧。'小汉斯喊道。他取下皮大衣穿在身上，戴上一顶温暖的红帽子，又在脖子上系了一条围巾，就出发了。

"多么可怕的暴风雨呀！夜色那么黑，小汉斯几乎什么也看不清。风那么厉害，他几乎站不稳。但无论如何，他非常勇敢。走了大约三个钟头之后，他到了医生的家，开始敲门。'是谁呀？'医生喊道，从卧室的窗户里探出头来。'是小汉斯，医生。'

"'你有什么事，小汉斯？'

"'磨坊主的儿子从梯子上掉下来，摔伤了，磨坊主要你马上就去。'

"'行！'医生说。他叫人准备好了马，穿上大靴子，拿起灯笼，

下了楼，跨上马背，向磨坊主家的方向跑去，小汉斯步履艰难地跟在后面。

"但是风暴越来越猛烈，雨像洪水一样从天上往下倒，小汉斯看不清自己在往哪儿走，也跟不上医生的马。最后他迷了路，在一片沼泽里转来转去。那是一个很危险的地方，到处都是深深的洞，可怜的小汉斯就在沼泽里面被淹死了。第二天，几个牧羊人发现了他的尸体，当时他正漂浮在一大片积水上。他们把他送回了他的茅屋。

"人人都去参加小汉斯的葬礼，因为他是一个人人都喜欢的人。磨坊主做了葬礼的主事。

"'我是他最好的朋友，'磨坊主说，'所以我应该站最好的位置，这样才公平。'于是他走在队列前面，身上披着一件长长的黑色斗篷，时不时地用一块大手绢擦一下眼睛。

"'小汉斯的死，对于每一个人，确实都是一个巨大的损失。'铁匠说。这时葬礼已经结束，大家都舒舒服服地坐在酒吧里，喝着加香料的酒，吃着甜饼。

"'至少对于我是一个巨大的损失。'磨坊主回应道，'唉，我差一点儿就把手推车送给他了，现在我真的不知道拿它怎么办了。放在家里吧，要占不少地方，又保养得那么差；拿去卖吧，一个大子儿也换不回来。我确实得注意，不要再送人东西。为人慷慨，总是要吃苦头的。'"

"嗯？"停顿了好一会儿之后，老水鼠说。

"嗯，故事已经讲完了。"朱顶雀说。

"可是磨坊主后来怎样了呢？"老水鼠问。

"啊！我真的不知道，"朱顶雀答道，"这个我才不关心呢！"

"很明显，你的天性里没有同情心。"老水鼠说。

"恐怕你没有完全明白故事里的道德教训吧。"朱顶雀评论道。

"你说什么？"老水鼠尖叫道。

"道德教训。"

"你是说故事里有道德教训？"

"当然。"朱顶雀说。

"嗯，说真的，"老水鼠说，他的样子很气愤，"我觉得你在开始讲故事之前就该告诉我这一点的。如果你早说，我当然就不会听你讲了。说实在的，我会说'呸'，就像那个批评家一样。无论如何，我现在说还来得及。"于是他拔高了嗓门儿，大叫了一声："呸！"然后拂了一下尾巴，回他的洞里去了。

几分钟后，母鸭划着水游了过来，她问朱顶雀："你觉得老水鼠这个人怎么样？他有很多很多好的见解，但是就我而言，我有一种为人母亲的情感，看到坚定不移的单身汉时，没有一次能够忍住不掉眼泪的。"

"恐怕我把他惹恼了，"朱顶雀答道，"事实上，我给他讲了一个带有道德教训的故事。"

"啊！讲那样的故事往往是一件很危险的事。"母鸭说。

我十分赞同她的看法。

非凡的火箭

The Remarkable Rocket

国王的儿子要结婚了，到处是一派欢庆气氛。王子等待新娘整整一年，最后她终于来了。她是一位俄国公主，一路坐着六匹马拉的雪橇，从芬兰赶来。雪橇的形状像一只巨大的金色天鹅，小公主本人就坐在天鹅的两只翅膀中间。她披着一件长及脚面的貂皮斗篷，头戴一顶银线小帽，脸色苍白，白得就像她一直居住的雪宫一样。她太苍白了，当她坐着雪橇从大街上经过时，人人都感到很惊奇。"她就像一朵白玫瑰！"他们这样喊叫着，还从阳台上向她扔鲜花。

王子在城堡的门口迎候她。他那一双紫罗兰色的眼睛像梦一般迷离，他的头发宛若纯金的金线。看到她以后，他单膝跪下，吻了她的手。

"你的画像很美，"他喃喃地说，"但是人比画像更美。"小公主的脸一下子就红了。

"先前她像一朵白玫瑰，"一个年轻男侍对他旁边的人说，"现在却像一朵红玫瑰了。"整个宫廷里的人听了都很高兴。

接下来的三天里，人人都在奔走相告："白玫瑰，红玫瑰，红

玫瑰，白玫瑰。"国王颁下旨意，给那个年轻男侍的薪俸加倍。可他根本不拿薪俸，所以这道旨意对他没多大实际用处，但是这被视作一个很大的荣誉，在《宫廷报》上被正式刊登了出来。

三天过去之后，便举行大婚庆典。那是一个豪华的婚礼，在一顶绣着小珍珠的紫天鹅绒华盖下，新郎和新娘手挽着手走来。随后是盛大的国宴，宴会持续了五个钟头。王子和公主坐在大殿最高的地方，用一只晶莹剔透的水晶杯喝酒。只有真正相爱的人才能用这个杯子，因为如果虚情假意的嘴唇碰了它，它就会变得灰暗混浊。

"十分清澈呢，他们是真心相爱的，"那个年轻男侍说，"晶莹剔透！"国王第二次下令给他的薪俸加倍。"多么高的荣誉啊！"所有的大臣都嚷嚷着。

宴会结束后是舞会。新郎和新娘要一起跳玫瑰舞，国王答应亲自吹奏长笛。他吹得很差，但是没有人胆敢当面对他说，因为他是国王。事实上，他只会两首曲子，而且永远拿不定主意要吹奏哪一首。但是这并没有关系，因为无论他做什么，大家都会高喊："妙极了！妙极了！"

最后一项节目是大放焰火，燃放时间定在午夜零点整。小公主生平从来不曾见过焰火，所以国王颁旨，令宫廷焰火师在她结婚的日子到场侍候。

"焰火是什么样子的？"有一天早晨，她在露台上散步的时候，曾经问过国王。

"就像是极光一样，"国王说，他总是替别人回答问题，"只是要比极光自然多了。就我本人而言，我喜欢焰火甚于星星，因为你总是能知道它们会在什么时候出现，而且它们像我本人的长笛演奏一样令人愉悦。你一定要看一看。"

于是在御花园的尽头搭起了一座高台。宫廷焰火师把一切安排好，那些焰火们各就各位之后，立刻就开始交谈起来。

"世界的确很美丽，"一个小爆竹嚷道，"只要看一眼那些黄色郁金香就知道了。嘿！即使它们是真的炮仗，也不可能比现在更可爱。我很高兴我曾经旅行过。旅行对于头脑有奇妙的改进作用，能够去除一个人的所有偏见。"

"御花园并不是整个世界，你这个愚蠢的爆竹。"一支很大的罗马焰火筒说道，"世界是一个很大很大的地方，要把它看个遍，你得花上三天时间。"

"任何地方，你爱它，它便是你的世界！"一个沉思的凯瑟琳转轮焰火大声说道，她早年曾经爱恋过一个旧松木匣子，常常以她的心碎自夸，"但是如今爱已经不时髦，它已经被诗人杀死了。他们的诗里写了那么多爱情，人们就不相信它了，这一点我毫不惊讶。真正的爱是受苦，并且是无言的。我记得自己曾经……不过现在已经无关紧要了。浪漫故事已经成为过去。"

"胡扯！"罗马焰火筒说，"浪漫故事是永远不死的。它就像月亮一样，永世长存。比如，这一对新郎和新娘就非常相亲相爱。今天早晨我全都听说了，是一个碰巧和我待在同一个抽屉里的棕色纸做的花筒炮讲的，他知道宫廷里最近的新闻。"

但是凯瑟琳转轮焰火摇着头，喃喃地说："浪漫故事已经死了，浪漫故事已经死了，浪漫故事已经死了。"她是那样一种人：觉得如果同一件事情反反复复说上许多许多遍，那么结果就会变成真的。

突然响起一声尖尖的干咳，他们全都转过头去看。

声音来自一枚高大的、神情傲慢的火箭，它被绑在一根长棍子的末端。每次发表高见之前，他总是会咳嗽一下，以引起大家的注意。

"呃哼！呃哼！"他说。人人都在听，只有可怜的凯瑟琳转轮焰火除外，她仍然在摇着头，喃喃地说："浪漫故事已经死了。"

"秩序！秩序！"一个炮仗喊道。他是一个政治家一类的人物，在地方选举中总是占据着显著的位置，所以他懂得恰当地使用议会用语。

"死翘翘了。"凯瑟琳转轮焰火低声说，然后就睡着了。

完全安静下来之后，火箭立刻开始第三次咳嗽。他用非常缓慢、清晰的声音说话，仿佛在口述他的文章似的。他总是不正眼看听他说话的人。事实上，他的举止是非常突出的。

"国王的儿子是多么幸运啊，"他评论道，"他结婚的日子正好赶上了我燃放的时间。说真的，即便是事先安排好的，对于他来说也不会有更好的结果了。不过王子们总是很幸运的。"

"天哪！"小爆竹说，"我觉得完全是另一回事，燃放我们是为了向王子表示敬意。"

"对于你来说可能是这样，"火箭回应道，"其实，我对此深信不疑。但是对于我来说就不一样了，我是一枚非凡的火箭，出身于非凡的家族。我母亲是当年最著名的凯瑟琳转轮焰火，以舞姿优雅著称。她在重大公共场合登场时，要旋转十九次才飞出去。当每一次这样做时，她都向空中抛出七颗粉红色的星。她的直径有三英尺半，她是用最好的火药做成的。我的父亲与我本人一样，是一枚火箭，拥有法国血统。他飞得太高太高了，人们都担心他不会再下来。不过他还是下来了，因为他性情很和善，而且他是化作一阵最辉煌的金雨降下来的。报纸上用非常恭维的措辞来描述他的表演。事实上,《宫廷报》称他是演火术的一大成功。"

"演火术? 你的意思是焰火术吧! "一个孟加拉焰火[1]说,"我知道是焰火术,因为我看到自己的筒身上是这样写的。"

"唔,我说的是演火术[2]。"火箭答道,语气很严厉。孟加拉焰火觉得自己受到压制很没面子,立刻就开始欺负小爆竹,目的是要表明他仍然是个比较重要的人物。

"刚才我说,"火箭接着说道,"刚才我说……我说什么来着? "

"你在说你自己。"罗马焰火筒答道。

"当然,我知道自己刚才在讨论某个有趣的题目,可是被非常粗鲁地打断了。我讨厌一切的粗鲁无礼和没规矩,因为我极其敏感。整个世界没一个人像我这样敏感,这一点我十分有把握。"

"什么是敏感的人? "炮仗问罗马焰火筒。

"就是一个人,因为自己长了鸡眼,就老是踩别人的脚趾。"罗马焰火筒悄声耳语道。炮仗听了,笑得差一点儿炸开。

"请问,你在笑什么? "火箭质问道,"我还没有笑呢! "

"我笑是因为我快乐。"炮仗答道。

"这是个非常自私的理由,"火箭愤愤地说,"你有什么权利快乐? 你应该为别人着想一下。实际上,你应该为我着想一下。我总是在为我自己着想,我也希望别人能为我着想。这就是所谓的同

---

1 这是一种用作信号或用于舞台的焰火,发蓝色火焰。

2 这里是火箭发音不准,把 pyrotechnic 念成了 pylotechnic。

情。同情是一种美德，我拥有很高的美德。譬如，假设我今晚出了什么事，对于每一个人，那将是多么大的不幸！王子和公主再也不会快乐了，他们整个的婚姻生活都会受到损害。至于国王，我知道他会一直对这件事耿耿于怀的。说真的，当我开始思考自己地位的重要性时，我感动得几乎要落泪。"

"如果你想给别人欢愉，"罗马焰火筒嚷道，"你最好让自己保持干燥。"

"当然是这样，"孟加拉焰火大声说，他的精神状态已经好多了，"这只不过是个常识。"

"常识，真是的！"火箭很愤慨地说，"你们忘了我非同寻常，很非凡。嘿，倘若没有想象力的话，人人都可以有常识。但我是有想象力的，因为我考虑事情从来不考虑它们的真实状况，我总是按照完全不一样的状况来考虑事情。至于说让我保持干燥，很明显，对于多愁善感的天性，这儿没有一个人具备丝毫的欣赏能力。幸好，我本人对此并不在乎。支撑一个人一生的唯一理念就是意识到别人全都无比低劣，这就是我一直在培养的一种情感。而你们没有一个人有心肝。你们在这儿笑啊，取乐啊，就仿佛王子和公主刚才没有结婚似的。"

"哎，说实在的，"一个小焰火气球大声说，"干吗不乐呢？这是一个最快乐的场合，当腾飞到高空中去时，我要把一切都讲给星星们听。当我给他们讲漂亮的新娘时，你们会看见星星眨眼睛。"

"啊，多么琐碎、平庸的人生观！"火箭说，"不过这也正是我意料之中的。你的里面空空洞洞，什么也没有。呃，也许王子和公主会去乡间生活，那儿有一条很深的河。也许他们会有一个独生子，一个像王子本人一样长着一头金发和紫罗兰色眼睛的小男孩儿；也许有一天，他会和保姆一起出去散步；也许保姆跑到一棵巨大的接骨木树下面睡着了；也许小男孩儿会掉进那条很深的河里淹死。多么可怕的灾祸！可怜的人，失去了他们的独生子！真的太可怕了！我会一直为这件事伤心的。"

"但是他们并没有失去独生子，"罗马焰火筒说，"根本不曾有灾祸发生在他们身上。"

"我从来没有说真的发生过，"火箭答道，"我是说有可能。如果他们真的失去了独生子，再说什么也不会有用了。我讨厌泼翻了牛奶才知道哭的人。但是想到他们有可能失去独生子，我心里面当然不自在。"

"当然是的！"孟加拉焰火嚷道，"事实上，你是我遇见过的最不自在[1]的人。"

"你是我遇见过的最粗鲁的人，"火箭说，"你无法理解我对王子的友情。"

"嘿，你甚至都不认识他。"罗马焰火筒吼道。

"我从来没有说过我认识他，"火箭答道，"我敢说，如果我认识他，我根本就不会做他的朋友。认识自己的朋友，这是一件非常危

1　这里火箭和孟加拉焰火用的是同一个词"affected"的两个不同的意思：前者是指受了打击，不好受；后者是指装模作样，矫情。勉强以一个词"不自在"译之。

险的事。"

"你最好还是实实在在让自己保持干燥，"焰火气球说，"这是一件非常重要的事。"

"我确信不疑，对你来说那非常重要，"火箭答道，"但是如果我想哭，我就哭。"他真的进出了眼泪，泪水像雨滴一样，沿着他的棍子往下淌。两只甲虫正考虑一起安家，想找个干燥的好地方住进去，却差一点儿被他的泪水淹死。

"他肯定有一种真正的浪漫天性，"凯瑟琳转轮焰火说，"因为根本没有事情好哭的时候，他居然哭得出来。"她费力地发出一声深深的叹息，想念着她的松木匣子。

但是罗马焰火筒和孟加拉焰火十分愤慨，他们拔高了嗓门，不停地说着："骗人！骗人！"他们是极其实际的，只要是他们反对的，他们就称之为骗人。

这时，月亮像一面奇妙的银盾升在了空中，星星开始闪光，音乐从王宫里飘了出来。

王子和公主正在舞会上领舞。他们的舞姿那么美，连亭亭玉立的白色百合也透过窗口来窥望。巨大的红色罂粟点着头，打着节拍。

十点的钟敲过了，然后是十一点，再然后是十二点。随着十二点钟的最后一下敲响，所有的人都来到外面的露台上，国王派人叫来了宫廷焰火师。

"开始放焰火吧。"国王说。宫廷焰火师深深地鞠了一躬，然后

大步向花园尽头走去。有六个随从跟着他，每个随从手里举着一支点燃的火炬，火炬被绑在长长的竿子上。

确实是一个壮观的场景。

"吱！嗖！"凯瑟琳转轮焰火不停地旋转着，上去了。"噗！砰！"罗马焰火筒上去了。接着爆竹们在整个场地上跳起舞来，孟加拉焰火把每一样东西都映成了绯红色。"再见。"焰火气球喊道。他腾空飞起，一路抛撒着蓝色的小火花。"砰！啪！"炮仗应答着，快活无边。人人都取得了巨大的成功，只除了非凡的火箭。他哭过以后就受了潮，根本放不起来了。他身体里最重要的东西是火药，被眼泪一泡，湿透了，失去了效用。他所有的穷亲戚们，平日里他从来不愿意理睬他们，偶尔和他们说话也是带着冷笑，如今他们都飞上了天，像一朵朵金色的奇葩，绽放着火焰的花朵。好哇！好哇！整个宫廷欢呼着，小公主笑开了颜。

"我估计，他们要把我留到某个盛大的场合燃放，"火箭说，"无疑就是这个意思。"他的神情比从前更傲慢了。

第二天，工人们来清理场子。"这显然是一个代表团，"火箭说，"我要以恰如其分的威严来接见他们。"于是他把鼻子翘到天上，很严肃地皱起眉头，仿佛在思考某个非常重大的问题似的。但是他根本就没有得到人家的注意，他们临走时才有一个工人看见了他。"哟嗬！"那工人嚷道，"一枚坏火箭！"就把他扔到了墙外，不巧掉进了水沟里。

"坏火箭？坏火箭？"他在空中旋转着翻过墙头时，嘴里说着，

"不可能！大火箭，那人一定说的是大火箭。'坏'和'大'的发音很相近，其实常常是一样的。"他掉进了烂泥里。

"这地方令我感觉不舒服，"他评论说，"但无疑是一处时尚的矿泉疗养地，他们送我出来，是为了让我恢复健康。我的神经确实受了不少损害，我需要休息。"

这时，一只青蛙，穿着带斑点的绿色外套，睁着亮亮的、宝石一样的眼睛，向他游了过来。

"我看清楚了，是个新来的！"青蛙说，"嗯，毕竟没有什么东西和烂泥是一样的。只要给我一个下雨天和一条沟，我就非常幸福了。你觉得下午会有雨吗？我肯定是希望有雨的，但是天很蓝，而且没有一片云彩。真可惜！"

"呃哼！呃哼！"火箭说，他开始咳嗽。

"你的声音真好听！"青蛙嚷道，"真的很像蛙叫。蛙叫当然是世界上最悦耳的声音。今晚我们'快乐俱乐部'有个演唱会，你可以来听听。我们坐在农夫房屋旁那个老鸭塘里，月亮一升起来我们就开始唱。歌声太迷人了，人人都躺在床上不睡听我们唱。其实，昨天我刚听见农夫的妻子对她的母亲说，由于我们的缘故，夜里她没有能合一合眼睛睡上片刻。发现自己那么受大众欢迎，这是最令人满意的。"

"呃哼！呃哼！"火箭很生气地说。他插不上一句话，感到非常恼怒。

"你的声音当然很好听，"青蛙接着说下去，"希望你到鸭塘去。我要走了，去找我的女儿。我有六个美丽的女儿，我非常担心狗鱼会碰上她们。他是个彻头彻尾的魔鬼，会毫不犹豫地把她们当早餐。嗯，再见。和你交谈非常愉快，真的。"

"交谈，说得好听！"火箭说，"一直是你一个人在说，那不是交谈。"

"总得有人做听众，"青蛙答道，"谈话这件事我喜欢一个人来做。这样节省时间，还能防止争执。"

"但是我喜欢争执。"火箭说。

"我不希望争执，"青蛙自鸣得意地说，"争执是极其粗俗的，因为在一个良好的社交圈子里，人人都持有同样的观点。再一次和你

130

道别，我看见远处我的女儿们了。"说完青蛙就游走了。

"你不仅是个很令人恼火的人，"火箭说，"而且教养很差。我讨厌你这种人，因为像我这样的人想说说我自己的时候，你却抢着说你自己。这就是我所说的自私，自私是一种令人深恶痛绝的东西，尤其对于我这种性情的人，因为我是以天生富有同情心闻名的。事实上，你应该以我为榜样，不可能有比我更好的典范了。既然遇上了这个好机会，你最好还是从中受些益处，因为我差不多马上就要回宫廷去了。我在宫廷里是极其得宠的。事实上，昨天王子和公主就为了向我表示敬意而结了婚。当然，这种事你是一窍不通的，因为你是个乡下人。"

"你这样说话没有用，"一只蜻蜓说，他正栖息在一株很大的宽叶香蒲的尖尖上，"一点儿用处也没有，因为他已经走了。"

"嗯，那是他的损失，不是我的。"火箭答道，"我不会只因为他不注意听，就停止对他说话。我喜欢听我自己说，这是我的大乐趣之一。我常常聊很久，完全是我一个人在聊。我是非常聪明的，有时我说的话我自己一个字也不懂。"

"那你一定要去教授哲学。"蜻蜓说。他展开一双可爱的薄纱翅膀，飞到空中去了。

"他居然不待在这儿，真是愚蠢！"火箭说，"我敢肯定，他不是经常有这种改进脑筋的机会的。不过，我才不在乎呢！像我这样的天才，总有一天会有人赏识。"他在烂泥里又陷得深了一点儿。

过了一段时间，一只大白鸭向他游过来。她的腿是黄的，脚趾间有蹼，并且因为她走路时摇摇摆摆的，被大家看作一个超级大美人。

"嘎，嘎，嘎——"她说，"你的形状真奇怪！我想问一声，你是生下来就这样的呢，还是出事故后变成这样的？"

"很显然，你一直住在乡下，"火箭答道，"否则你不会不知道我是谁。不过，我原谅你的无知。期待别人像自己一样非凡，那是不公平的。我能飞到天上去，下来时化作一阵金雨。听到这个，你肯定很惊讶吧！"

"我觉得并不怎么样，"鸭子说，"我看不出那样子对人有什么用处。喏，要是你能像牛那样耕田，像马那样拉车，或者像牧羊犬那样看护羊群，那才算一回事。"

"我的好人哪，"火箭嚷道，语气非常傲慢，"我看出来了，你属于比较低的阶层。处在我这种地位的人，是从来没有实际用处的。我们有一定的才艺，这就足够了。我本人对任何一种行当都没有好感，尤其是对于你仿佛要推荐的那些个行当。事实上，我的观点始终是，艰苦的工作只是无事可干的人的庇护所。"

"好吧，好吧，"鸭子说，她是个性情非常平和的人，从来不和人争执，"每个人的趣味都不一样。但无论如何，我希望你会在这儿安家。"

"哦！才不呢，"火箭嚷道，"我只是一个访客，一个来访的杰出人物。其实，我觉得这地方相当令人生厌。这儿既没有社交活动，也不幽静。事实上，这地方基本上就是郊区了。我大概是要回到宫廷去的，因为我知道，我注定会轰动世界。"

"我自己也曾经想过有一天进入公众生活，"鸭子评论道，"有那么多事情需要改良。其实，以前我曾经做过一个会议的主席，我们通过了一些决议，谴责我们不喜欢的各种事情，但是那些决议似乎并没产生多大作用。如今我从事家政，照顾我的家庭。"

"我天生就是要参与公众生活的，"火箭说，"我所有的亲戚也都是如此，即便是他们中最卑贱的人也不例外。我们只要一出场，就会引起人们极大的关注。我本人尚未真正出场过，但是假如我出场，那必定会是一个壮观的景象。至于说家政，它会让人老得很快，使人分心，疏忽更高尚的事情。"

"啊！生活中更高尚的事情，多么美好哟！"鸭子说，"这提醒了我，我觉得好饿。"她顺着流水游走了，嘴巴里说着："嘎，嘎，嘎。"

"回来！回来！"火箭尖叫道，"我有好多话要对你说。"但是鸭子对此毫不理会。"很高兴她走了，"火箭对自己说道，"她有一个很明显的中产阶级头脑。"他在烂泥里又陷得深了一点，开始思考天才的寂寞。这时，沿着沟岸忽然跑来了两个身穿白色罩衫的小男孩儿，他们拿着一把水壶和几捆柴火。

"这一定是代表团了。"火箭说，马上做出一副非常尊贵的样子。

"喂！"一个男孩儿嚷道，"瞧这儿有根旧棍子！不知道是从哪儿来的。"他把火箭从沟里捡了起来。

"旧棍子！"火箭说，"不可能！他一定说的是金棍子。金棍子是很恭维的词。事实上，他误认为我是宫廷显要了！"

"把它放到火上去吧！"另一个男孩儿说，"能让壶里的水快些烧开。"

于是他们把柴火堆在一起，把火箭放在柴火堆顶上，点着了火。

"这很壮观，"火箭嚷道，"他们要在青天白日里燃放我，好让人人都看见我。"

"现在我们去睡吧，"他们说，"一觉醒来，壶里的水就开了。"他们在草地上躺下，闭上了眼睛。

火箭很潮湿，所以过了很长时间才烧起来。无论如何，他终于着火了。

"现在我要升上去了！"他高喊着，把身体挺得笔直，"我知道，我会升得比星星高许多，比月亮高许多，比太阳高许多。事实上，我会高到……"

嘶嘶！嘶嘶！嘶嘶！他直上青天。

"真令人高兴！"他喊道，"我会永远这样升上去。我多么成功啊！"

可是没有人看见他。

这时他觉得全身有了一种奇特的刺痛感。

"现在我要爆炸了，"他喊道，"我会把全世界点着，制造出特别大的动静，让他们整整一年只说我，不谈别的事情。"他确实爆炸了。砰！砰！砰！火药点着了。这一点是毫无疑问的。

可是没有人听见他，连那两个小男孩儿也没有听见，因为他们睡得正酣。

现在他只剩下一根棍子了，它掉下来，正好砸在一只在沟边散步的鹅的背上。

"天哪！"鹅嚷道，"要下棍子雨了。"她冲进了水沟里。

"我知道我会造成巨大的轰动的。"火箭喘息着说，然后就灭了。

少年国王

The Young King

加冕日前夜，少年国王独自一人坐在美丽的寝宫里。大臣们已经按照当时的礼节，一躬到地，然后退下，到王宫大殿里，跟着礼仪教授上最后几节课去了。他们中仍有几位举止不合乎规矩，不必说，在宫廷里，这是犯大忌的。

那少年——只能称他为少年，因为他只有十六岁——在他们离开之后并不感到难过。他长长地吐出一口气，猛地往后一仰，靠在刺绣长椅的软垫子上，躺在那儿，睁着圆眼睛张着大嘴，活像林地里的棕色牧神，也像是森林里刚落入猎人陷阱的一头幼兽。

确实，找到他的正是几个猎人。他们几乎是意外地撞见了他，看见他赤着两只手臂两条腿，手中拿着牧笛，跟在那个把他养大的穷苦牧羊人的羊群后面。他一直以为自己就是牧羊人的儿子，其实他的母亲是老国王唯一的孩子，她和一个地位远比她低下的人私下里结合生下了他。有人说，那是一个陌生人，他的诗琴演奏有奇妙的魔力，令年轻的公主爱上了他。另外一种说法是，那人是从里米尼[1]来的一位艺术家，公主给了他很多荣誉，也许是太多了，他连

1　里米尼为意大利的一个海边城市。

大教堂的画作都没有完成，就突然从城里消失了。孩子只有一周大的时候，就被人趁母亲熟睡时从她身边偷走，交给一对没有孩子的普通农民夫妇去照管了。他们住在森林里较远的一端，从城里骑马过去要一天的时间。生下他的那个苍白的姑娘，醒过来不到一个小时就死了，不知是因为悲伤过度，还是如御医所述的死于瘟疫。也有一种说法，暗示她喝了一杯下了急性意大利毒药的香料酒。一位忠心的使者把孩子横放在马鞍的前鞍桥上扬鞭而去。当疲惫不堪的马来到牧羊人的茅屋前，当使者敲开那扇粗陋的屋门时，公主的尸首正在下葬。墓穴开在城门外一个荒凉的教堂墓地里，据说里面还躺着另外一具尸体，是一个年轻男子，长着外国人的相貌，惊若天人。他的双手被绳子反捆在背后，胸前多处被刺出了鲜红的伤口。

至少，人们窃窃私语、互相传述的就是这样一个故事。当然，派人把少年找回来的正是临终的老国王，他当着受嘱众臣的面，承认了少年是他的王位继承人。不知这是因为他痛悔当年的深重罪孽呢，还是只因为不希望断了他这一支的血脉，让王权旁落。

从认祖归宗的那一刻起，少年似乎就显露出一种异乎寻常的迹象，那就是对于美的激情。这种爱好，注定会对他的一生产生巨大影响。几个陪伴他的侍从事后时常说起，当他第一次去预备给他使用的那套房间时，他一看到为他预备的华美衣服和昂贵珠宝，嘴里就发出那种快活的叫声，还说当他把粗糙的束腰兽皮外衣和羊皮披风脱下来甩在一旁时，简直是欣喜若狂。有时，他确实怀念从前在森林里那种自由自在的生活。单调乏味的宫廷礼仪每天占去很多时间，总是令他生出厌烦的情绪，但是宫殿美轮美奂——他们叫它欢乐宫，现在它的主人是他本人了——这对于他似乎是一个新世界，是为了让他愉悦新近设计出来的。一有机会从会议桌旁或觐见室里逃出来，他就从装饰着镀金铜狮子、铺着亮色云斑石级的巨大楼梯上跑下去，在一个个房间、一条条走廊里游荡，像是要寻找美作为止痛药，来解除痛苦、治愈疾病。

他称之为发现之旅。确实，对于他，那是真正的奇境漫游。有时，会有金发的宫廷男侍陪伴着他，他们身材细长，身上飘动着披风和色彩鲜艳的饰带。但更多的时候，是他独自一人待着。透过一种几乎是神授的敏锐直觉，他感知到：对于艺术的秘密，最好秘密地去学习；美像智慧一样，喜爱孤寂的崇拜者。

那段时间，有许多古怪的故事与他有关。据说，一个胖市长在代表城里的市民，来向他做一番辞藻华丽的陈述时，碰见他毕恭毕敬地跪在一幅刚从威尼斯捎来的巨幅画作前面，似乎是在宣示对某些新神的膜拜。又有一回，他失踪了几个小时，找了半天，才发现他在王宫北塔楼的一间小室里，像丢了魂一样凝视着一块雕着阿多尼斯[1]像的希腊宝石。传闻有人看见，他把温暖的嘴唇贴在一座大理石古代雕像的额头上，那是建造石桥时偶然在河床中发现的，上

1　希腊神话中一位令世间所有人与物失色的美男子，爱与美之神阿佛洛狄忒和冥后珀耳塞福涅争着爱他。

面刻着哈德良所拥有的俾斯尼亚奴隶[1]的名字。他还花了一整夜时间，观察月光照在恩底弥翁[2]银像上的效果。

所有稀罕和昂贵的物件，必定对他有巨大的吸引力。他急迫地想要得到它们，所以向各地派出了许多商人。有的乘船去北方的海洋，向粗野的渔民买琥珀；有的去埃及，寻觅奇特的绿松石，那只有在国王们的坟墓中才能找到，而且据说它们拥有魔力；有的去波斯，购买丝绸毡毯和彩陶；另一些去印度，采办薄纱和染色象牙、月长石和翡翠镯子、檀香木和蓝色珐琅，还有精纺羊毛披肩。

但他最着迷的是加冕时要穿的王袍，那件用轻纱一般的金线织

1　哈德良为古罗马皇帝，俾斯尼亚为小亚细亚一古国，也是海湾名称。这个奴隶是个美少年，名字叫安提诺乌斯。
2　希腊神话中月亮女神所钟爱的美少年。

成的袍子，还有那顶镶着红宝石的王冠，那根嵌着一排排、一圈圈珍珠的权杖。其实，今晚他仰躺在华丽的长椅上，眼睛盯着敞开的壁炉里那根燃烧着的大松木时，脑子里想的全是这个。它们的设计出自当时最著名的艺术家之手，几个月前就呈给他看过了。他下令工匠们日夜辛苦赶工把它们做出来，并且派人去寻觅配得上他们的杰作的珠宝，即便找遍整个世界也要找到。他在想象中看见自己穿戴着华美的国王服饰，站在大教堂高高的圣坛上。笑容爬上了他稚嫩的嘴唇，荡漾开来。他那双深色的林地居民的眼睛，闪现出欢快的光亮。

过了一会儿，他从长椅上站起来，背靠在雕花的烟囱护沿上，环顾着灯光昏暗的寝宫。墙上挂着华贵的壁毯，它们象征着美的胜利。一个镶嵌着玛瑙和青金石的壁橱，把一个角落填满了。面对窗户立着一个造型奇巧惊人的陈列柜，清漆面板上涂着金粉、嵌着金丝，柜子上放着威尼斯玻璃高脚酒杯，非常精致，还有一只黑纹缟玛瑙的杯子。床上的银色被子上绣着浅色的罂粟花，仿佛是从睡着了的、疲倦的人手中掉下来的一样。高高的、带有凹槽的象牙杆支撑起天鹅绒顶篷，顶篷上蓬起的一大簇一大簇的鸵鸟羽绒，像白色泡沫一样，腾向天花板上的白银回纹浮雕。一座那喀索斯[1]青铜像笑容满面，把一面光洁的镜子举过头顶。桌子上放着一只浅浅的紫水晶碗。

1　希腊神话中爱上自己的美少年。

他向窗外望去，看见大教堂的巨大穹顶像一个气泡一样，隐隐约约地悬浮在一片阴暗的房屋上方。疲惫的哨兵们，沿着河边雾气蒙蒙的台地来回踱步。远远地，在一座果园里，一只夜莺在歌唱。一缕淡淡的素馨花的芳香，透过敞开的窗飘了进来。他把前额上的棕色鬈发捋到后面，拿起一把琵琶，手指在琴弦上漫不经心地拨动着。他沉重的眼睑垂了下去，一阵奇怪的倦意向他袭来。他从来不曾像现在这样如此强烈地或者说带着如此强烈的快感，感受到美的事物的魔力和神秘。

当钟楼的钟声敲响子夜时，他拉了一下铃，进来几个男侍，按照繁复的礼仪给他更衣。他们在他的手上浇玫瑰花水，在他的枕头上撒鲜花。他们离开寝宫没多一会儿，他就睡着了。

他睡着后做了一个梦，是这样一个梦。

他觉得自己站在一间又长又矮的阁楼里，四周是许多织布机呼呼的转动声和咔咔的撞击声。微弱的日光透过格栅窗探进来，为他照亮了织工们在织架上方弯着背的瘦削身影。苍白的、带着病容的孩子们，蹲在巨大的横梁上。梭子疾速穿过经线时，他们提起沉重的压板。梭子停下时，他们放开压板，让它们落下去把线压拢。他们的脸上呈现着被饥饿蹂躏的印迹，他们的双手在哆嗦、颤抖。几个憔悴的妇人坐在桌旁缝纫。整个屋子里充满了一种可怕的臭味。空气滞重难闻，墙壁上滴着水，渗出了湿淋淋的水痕。

少年国王向一个织工走去，站在他旁边，看他工作。

织工气愤地看着他，说："你干吗盯着我？是我们的主人派你

144

做探子来监视我们的吗？"

"谁是你们的主人？"少年国王问。

"我们的主人！"织工嚷道，语气很尖刻，"他是一个和我本人一样的人。我们之间只有一个差别，那就是：他锦衣华服，我破衣烂衫；我饿坏了身体，他却吃撑了难受得不轻。"

"这是个自由的国家，"少年国王说，"你不是谁的奴隶。"

"打仗的时候，"织工答道，"强壮的拿体弱的当奴隶。和平的时候，富人拿穷人当奴隶。我们要活下去就得干活，他们给的工钱却让我们活不了。我们整天为他们劳累，他们的钱箱里金子成堆。我们的孩子不到成年就夭折，我们所爱的人的面容也变得凶恶难看了。我们踩制葡萄，别人喝葡萄酒。我们播种谷物，自己的餐桌上却是空的。我们戴着锁链，虽然这锁链是眼睛看不见的。我们是奴隶，虽然别人称我们为自由人。"

"所有人都这样？"少年国王问。

"所有人都这样，"织工答道，"年轻的这样，年老的也这样；女人这样，男人也这样；年幼的孩子这样，上了岁数的老人也这样。商人们压榨我们，他们吩咐什么我们就得做什么。牧师骑着马经过，只顾数他的念珠，没有人把我们当一回事。贫穷睁着饥饿的眼睛，在我们不见天日的小巷里不声不响地窜行，面孔呆板的罪恶紧跟在她身后。早晨，悲惨把我们叫醒；夜晚，耻辱陪伴我们入眠。但这一切与你有什么关系？你不是我们中的一员。你的脸太幸福了。"他皱着眉头转过身去，把梭子投过织机，少年国王看见梭子

LA MAGIA Y EL MISTERIO DE LAS

COSAS HERMOS

上穿着一根金线。

一种巨大的恐怖攫住了他,他问织工:"你织的这是什么袍子?"

"少年国王加冕时穿的袍子。"他答道,"这和你有什么相干?"

少年国王大叫一声,醒了过来。看哪,他是在自己的寝宫里,透过窗户,他看见一轮巨大的蜜色的月亮,悬在昏暗的空中。

他又睡着了,做起梦来,是这样一个梦。

他觉得自己躺在一艘巨大的木船的甲板上,一百个奴隶在划那艘船。他身旁的地毯上坐着船主。他黑得像乌木,他的缠头巾是绯红色的丝绸料子,很大的银耳环垂挂在厚厚的耳垂上。他手里端着一副象牙天平。

奴隶们光着身子,只缠着一条破烂的腰布,他们一个挨一个被链条互相锁在一起,灼热的太阳照在他们身上。黑人们在过道里跑来跑去,用兽皮鞭子抽打他们。他们伸展着瘦瘦的手臂,握着沉重的桨,在水里划动着。桨叶上咸水四溅。

最后,他们来到一个小港湾里,开始测水深。海岸上吹来一阵轻风,扬起一片红色的灰尘,罩在甲板和巨大的三角帆上。三个阿拉伯人骑着野驴冲出来,对他们投掷长矛。船主拿起一张画弓,引箭射中了其中一个人的喉咙。他重重地摔落在海浪上,他的同伙们飞奔而去。一个蒙着黄色面纱的妇人骑着骆驼慢慢地跟在他们后面,不时回过头来看那具尸首。

黑人们抛下锚、收起帆之后,立刻走进底舱,拿上来一架长长的绳梯,绳梯上坠着重重的铅,用来增加重量。船主把绳梯从船的一侧扔下海,把它的上端固定在两个铁墩子上。接着,黑人们抓住奴隶中最年轻的那一个,卸去他的脚镣,用蜡封住他的鼻孔和耳朵,在他腰上拴了一块大石头。他吃力地爬下绳梯,没入海水里不见了。他下去的地方冒上来几个泡泡。在其余的奴隶中,有几个好奇地从船侧窥望着海面。船头坐着一个驱鲨人,节奏单调地擂着一面鼓。

过了一会儿,潜水者浮到水面上来了,他右手里握着一颗珍珠,气喘吁吁地把身体贴紧绳梯。黑人们从他手里把珍珠抓过来,又把他推下了水。这时其余的奴隶已经俯伏在桨上睡着了。

潜水者一次又一次地浮上来,每一次都带上来一颗美丽的珍珠。船主称一称珍珠的重量,然后放进一个绿色的小皮囊中。

少年国王想说话,但舌头仿佛粘在了上颚上面,使嘴唇不能动弹。黑人们交谈着,为了一串亮珠子开始争吵。两只鹭鸟绕着船飞来飞去。

这时潜水者最后一次浮上了水面,这一次他带上来的珍珠比霍尔木兹岛[1]的所有珍珠都美,因为它的形状像一轮满月,洁白得胜过晨星。但潜水者的脸苍白得出奇,他刚倒在甲板上,血就从他的耳朵和鼻孔里涌出来。他颤抖了几下,便不动了。黑人们耸耸肩,把尸体扔出船舷,丢下了海。

船主大笑着,伸手拿过珍珠。看过之后,他把它摁在前额上,

1　位于霍尔木兹海峡内。霍尔木兹海峡在伊朗和阿拉伯半岛之间,连接波斯湾和阿曼湾。

鞠了一躬。"这颗珠子,"他说,"是要用到年轻的国王的权杖上去的。"他向黑人们打了个手势,叫他们起锚。

听到这句话,少年国王发出一声大叫,他醒了。透过窗户,他看见黎明那长长的灰色手指,正在摘取那些黯淡下去的星星。

他又睡着了,做起梦来,是这样一个梦。

他觉得自己游荡在一片幽暗的林子里,树枝上坠着奇异的果子,开着美丽但是有毒的花。他走过去时,蝰蛇冲着他咝咝地吐信子,色彩鲜艳的鹦鹉尖叫着从一个枝头飞向另一个枝头。巨大的乌龟趴在热烘烘的淤泥里,睡着了。树林里到处是猿和孔雀。

他不断向前走,最后来到林子边缘,看见一眼望不到边的人群,在一条河干涸的河床上做苦工。他们像蚂蚁一样云集在岩石碎片上。他们在地上挖出深深的坑,然后下到坑里去。有些人在用大斧子劈岩石,还有些人在沙子里掏摸。他们把仙人掌连根拔起,把绯红色的花朵踩在脚下。他们互相喊叫着,匆忙地工作着,没有一个人闲着。

死神和贪婪藏身在一个洞里,在黑暗中守望着他们。死神说:"我累了,把三分之一的人给我,让我走吧。"

但是贪婪摇了摇头。"他们是我的仆人。"她回应道。

死神问她:"你手里拿着什么?"

"是三粒谷子,"她答道,"这与你有什么相干?"

"给我一粒,"死神嚷道,"让我种在我的园子里。只要给我一粒,我就走开。"

"我什么也不会给你。"贪婪说，她把手藏到了衣服的褶缝里。

死神笑起来，他拿出一个杯子，浸到池塘里，疟疾便从杯子里冒了出来。她从人海中穿过，三分之一的人便倒下死去了。一团冷雾跟在她身后，水蛇蜿行在她身旁。

贪婪看见那一大片人死了三分之一，便捶胸大哭。她击打着枯瘦的胸脯，哭得很响。"你杀死了我三分之一的仆人，"她哭叫着，"你可以走了。鞑靼的大山里在进行战争，双方的国王都在召唤你。阿富汗人杀了黑牛，正在开往战场。他们已经用长矛擂击过盾牌，戴上了铁的头盔。我的山谷与你有什么相干，你竟迟迟地不肯离开？你走吧，别再回来。"

"不行，"死神答道，"你不给我一粒谷子，我就是不走。"

但是贪婪捏紧了手，紧咬着牙关。"我什么也不会给你。"她咕哝道。

死神笑起来，他拿起一块黑石头，把它扔进森林，热病便穿着火焰的袍子，从野毒芹丛中走了出来。她从人海中穿过，触摸着他们。人一旦被她碰到，便死了。她的脚从草上踏过，草就枯萎了。

贪婪浑身直颤，把灰抹到自己头上。"你真残忍，"她哭叫道，"真残忍。印度的有城墙的城中发生了饥荒，撒马尔罕[1]的贮水池已经干涸。埃及的有城墙的城中发生了大饥荒，蝗虫从沙漠涌进了城乡。尼罗河水没有漫过河岸，僧侣们咒骂着伊西斯和奥西里斯[2]。你

1　中亚古城，位于现乌兹别克斯坦境内。

2　伊西斯为古埃及司生命和健康的女神，奥西里斯为伊西斯的丈夫，原为地上之王，死后为冥王。

走吧，到需要你的人那儿去，饶了我的仆人们。"

"不行，"死神答道，"你不给我一粒谷子，我就是不走。"

"我什么也不会给你。"贪婪说。

死神又笑起来，他把手指放到嘴边打个呼哨，便有一个女子从空中飞了过来。她的前额上写着"瘟疫"两个字，一群精瘦的秃鹰在她的周围盘旋着。她用翅膀罩住了山谷，下面的人死得一个不剩。

贪婪尖叫着穿过森林逃走了，死神跳上他那匹红色的马，飞驰而去，他飞驰得比风还要快。从山谷底部的黏泥中爬出了恶龙和可怕的长鳞片的怪物，豺狼钻出来，在沙子上小跑着，仰起鼻子嗅着空气。

少年国王哭了，他说："这是些什么人？他们在这儿寻找什么东西？"

"寻找国王王冠上用的红宝石。"站在他身后的一个人说。

少年国王吓了一跳，他转过身去，看见一个朝圣者打扮的人，手里拿着一面银镜。

他的脸色苍白，问道："哪一个国王？"

朝圣者答道："看一看这面镜子，你就看到他了。"

他向镜子望去，看见了自己的脸，大叫一声醒了过来。明亮的阳光正泻进寝宫，花园和庭园里的树上，鸟儿在歌唱。宫廷内侍和国务大臣们走进来，向他行了君臣之礼。男侍取来了金线织成的轻纱一般的王袍，把王冠和权杖放在他面前。

少年国王看着那些东西。它们很美，比他见过的任何东西都更美。但他记起了他做过的梦，他对那些贵族说道："把这些东西拿走，我不要用它们。"

大臣们非常惊愕，有的人笑了起来，因为他们以为他在开玩笑。

但是他又一次严厉地对他们发话了，他说："把这些东西拿走，别让我看见它们。虽然今天是我的加冕日，但我也不想用它们。因为我这件袍子，是苍白的痛苦之手在悲惨的织机上织成的。红宝石的心里是鲜血，珍珠的心里是死亡。"然后他给他们讲了他的三个梦。

大臣们听过以后，面面相觑，低声交谈着。他们说："他一定是疯了。梦只不过就是个梦，幻觉只不过就是个幻觉，是吧？并不是真事，不必当真。为了那些为我们辛苦做工的生命，我们有什么非做不可的呢？难道一个人不去看望播种的人，就不该吃面包；不和葡萄园丁交谈，就不该喝葡萄酒吗？"

宫廷内侍对少年国王进言了，他说："陛下，我请求您把这些阴郁的想法抛开，穿上这件漂亮的袍子，把这顶漂亮的王冠戴到头上。如果您没有国王的衣冠，民众怎么认得您是国王呢？"

少年国王看着他。"是吗？真的？"他问，"如果我没有国王的衣冠，他们就不认得我是国王？"

"他们不会认得您的，陛下。"宫廷内侍大声说。

"我还以为，有的人天生就像国王呢。"他答道，"也许真像你说的那样。但我还是不会穿这件王袍，戴这顶王冠。我当初进王宫时是什么样，现在走出去也是什么样。"

他吩咐他们全体退出去，只留下男侍，那是一个比他本人小一岁的少年。他留下那少年伺候他。他在清水里沐浴完毕之后，打开了一个上过漆的大箱子，从里面取出束腰兽皮外衣和粗糙的羊皮披风，那是他在山坡上给牧羊人放牧时身上的穿戴。他穿上这些衣服，把他那根粗糙的牧羊杖拿在手里。

小男侍惊讶地瞪着他那双大大的蓝眼睛，微笑着对他说："陛下，我看见您的王袍和权杖了，但是您的王冠在哪儿呢？"

少年国王折下一根爬到露台上的野荆棘藤，把它弯过来，做成一个圆环，戴在自己头上。

"这就是我的王冠。"他答道。

他就这样穿戴着，走出寝宫，向大殿走去。贵族们正在那儿等他。

贵族们拿他打趣，有的向他喊叫："陛下，民众在等他们的国王，您却让他们看一个乞丐。"另一些人很生气，他们说："他让我们的国家蒙羞，不配当我们的主子。"但他一个字也没有回答他们，只管走过去，走下巨大的亮色云斑石楼梯，走出青铜大门，跨上马，向大教堂驰去，小男侍小跑着跟在他旁边。

民众们大笑，说："骑在马上的是国王的弄臣。"他们拿他取笑。

他勒住马缰，说道："不，我就是国王。"他给他们讲了他的三个梦。

一个男子从人群中走上前来，严厉地向他发了话，他说："陛下，您不知道富人奢华，穷人才能活命吗？您炫富摆阔的毛病，让我们得到滋养；您挥霍浪费的恶习，使我们有了面包。给苛虐的主人做苦工确实很惨，可是没有机会给主子做苦工更惨。您以为渡鸦会叼食物来给我们吗？事情就是这样，您又有什么办法来改正？难道您能对买家说'你出这些钱买'，对卖家说'你得按这个价卖'吗？我不信。所以啊，您还是回王宫去，穿上您精美的紫色亚麻衣吧！我们这些人，我们所受的苦，和您有什么相干呢？"

"难道富人和穷人不是兄弟吗？"少年国王问道。

"是啊，"那人说，"可那个富人兄长的名字叫该隐[1]。"

1　《圣经》中的人物，不义的该隐虐待并杀死了他的兄弟亚伯。

156

少年国王的眼睛里噙满了泪水，他骑着马从咕哝着的民众中间穿过，继续前行。小男侍感到害怕，撇下他不管了。

他来到大教堂那巨大的门前时，士兵们把戟一横，说道："你来这儿找什么？这道门谁也不许过，只有国王才可以进来。"

他很生气，涨红了脸，对他们说："我就是国王。"就把他们的戟拨到一边，进了门。

年老的大主教看见他穿着牧羊人的衣服进来，很惊讶地从宝座上站起身，趋上前来迎他，对他说："我的孩子，国王就是这身打扮吗？我拿什么当王冠给你加冕，拿什么权杖给你的手授权呢？当然，今天本该是你享受快乐的日子，而不是受屈辱的日子。"

"难道快乐应该穿着悲伤所制作的衣裳吗？"少年国王说。他给大主教讲了那三个梦。

大主教听后锁起眉头，说道："我的孩子，我是个老人，已经到了我生命的冬天。我知道，广阔的世界里有许多邪恶的事发生。残暴的强盗从山上下来，掳走小孩子，把他们卖给摩尔人[1]。狮子趴在地上等候商队到来后，扑过去猎杀骆驼。野猪在山谷中把谷物连根拔起，狐狸在山坡上啃葡萄树。海盗把海岸洗劫一空，纵火烧渔夫的船，夺走他们的渔网。麻风病人住在盐沼泽里，用芦苇搭房屋，谁也不敢靠近他们。乞丐在城里流浪，与狗同食。你能阻止这些事情发生吗？你愿意和麻风病人同榻而眠，把乞丐请到你的

---

1 这是中世纪西班牙人和葡萄牙人对北非穆斯林的贬称，摩尔人实际上是柏柏尔人、阿拉伯人和黑人混合的后裔。

餐桌旁来吗？狮子会听你的吩咐，野猪会服从你的命令吗？创造出悲苦的他难道不比你更聪明？因此，你这样做我不赞成，我要你骑上马回到王宫里，脸上做出快乐的表情，穿上合乎国王身份的衣服。我会用金冠给你加冕，把镶珍珠的权杖放到你手里。至于你的那些梦，别再去想它们了。这个世界的负担太重，光靠一个人是承载不住的；世上的悲苦太多，只凭一个人的心是无法承受的。"

"在这殿堂里，你居然说出这样的话？"少年国王说道。他大踏步从大主教面前走过，登上圣坛的台阶，站在基督像前。

他站在基督像前，右手边和左手边是精美的黄金器皿，盛放着黄色酒液的圣餐杯和装着圣油的圣油瓶。他跪倒在基督像前，巨大的蜡烛在镶宝石的神龛上燃放出明亮的光，香柱的烟盘绕成淡淡的蓝色圆环，升向穹顶。他垂着头祈祷，那些身穿笔挺的法衣的教士，悄然离开了圣坛。

突然，外面街道上传来了纷乱的骚动声。贵族们携着出鞘的剑，擎着光亮的钢盾，身上的羽饰颤动着，他们闯了进来。"那个做梦的人在哪里？"他们叫嚷着，"打扮得像乞丐的国王，那个让我们国家蒙羞的少年在哪里？我们一定要杀了他，因为他不配统治我们。"

少年国王重新低下头，继续祈祷。做完祷告后他站起来，转过身去，用悲哀的目光看着他们。

看哪！阳光透过彩绘玻璃，倾泻在他的身上。光线围着他织成了一件轻如薄纱的袍子，比为了他的消遣而设计的那件王袍更美。

那根枯死的牧羊杖开花了，开出了比珍珠更洁白的百合。那枝干枯的荆棘开花了，开出了比红宝石更红艳的玫瑰。比最柔润的珍珠更洁白的是那些百合，它们的梗是用白银做的。比最阳刚的红宝石更红的是那些玫瑰，它们的叶是用金箔做的。

　　他穿着国王的服饰站在那儿，镶宝石的神龛的门忽地开了，从光芒璀璨的圣体匣的水晶中，射出一道奇迹般的、神秘的光。他穿着国王的服饰站在那儿，上帝的荣光充满了那地方，连雕花壁龛里的圣徒们好像也在动。他穿着悦目的国王服饰站在人们面前，管风琴奏出了音乐，号手吹响了小号，唱诗班的男童们唱起了圣歌。

　　民众敬畏地跪倒在地。贵族们把剑插回鞘中，向他致敬。大主教的脸变得苍白，他的手在颤抖。"比我更伟大的他已经为你加冕。"他大声说道，跪倒在他面前。

少年国王从高高的圣坛上下来，从人群中间穿过，回到王宫去。但是没有一个人敢看他的脸，因为那脸庞正像天使的面容。

图书在版编目（CIP）数据

王尔德幻想故事集：插图典藏版 / (英) 奥斯卡·
王尔德著；(西) 赫苏斯·加万绘；张炽恒，鲁冬旭译
. -- 长沙：湖南文艺出版社，2022.9
ISBN 978-7-5726-0696-0

Ⅰ.①王… Ⅱ.①奥…②赫…③张…④鲁… Ⅲ.
①童话—作品集—英国—近代②短篇小说—小说集—英国
—近代 Ⅳ.①I561.88②I561.44

中国版本图书馆CIP数据核字(2022)第084866号

王尔德幻想故事集：插图典藏版
WANGERDE HUANXIANG GUSHIJI：CHATU DIANCANGBAN

著　　者：〔英〕奥斯卡·王尔德
绘　　者：〔西〕赫苏斯·加万
译　　者：张炽恒　鲁冬旭
出 版 人：陈新文
责任编辑：吴　健　陈志宏
封面设计：Mitaliaume
内文排版：钟灿霞　钟小科
出版发行：湖南文艺出版社
　　　　　（长沙市雨花区东二环一段508号 邮编：410014）
印　　刷：湖南省众鑫印务有限公司
开　　本：880 mm×1230 mm　1/32
印　　张：5.5
字　　数：110千字
版　　次：2022年9月第1版
印　　次：2022年9月第1次印刷
书　　号：ISBN 978-7-5726-0696-0
定　　价：58.00 元

（如有印装质量问题，请直接与本社出版科联系调换）

OSCAR WILDE'S FANTASTIC STORIES

by Oscar Wilde

Illustrations and cover © 1993, 2017 Jesús Gabán

Published by arrangement with Editorial Vicens Vives S.A.,

Av. De Sarriá, nº 130, E-08017 Barcelona, Spain.

All rights reserved. No part of this book may be reproduced, transmitted, broadcast or stored in an information retrieval system in any form or by any means, graphic, electronic or mechanical, including photocopying, taping and recording, without prior written permission from the publisher.

著作权合同图字：18-2021-114